La spirale nascosta

Indice

Glossario

-Shabir (extraterrestre)
-Rag e Goa(uomo e donna del neolitico)
-Mota e Fura(uomo e donna –sorella di goa)
-drumm(vulcano)
-sho(sole)
-waa(luna)
-lehe(stelle)
-sha(una pianta simile al cactus senza spine)
-Horat (popolo alieno)
-Tor(uomo saggio)
-agor (grosso animale tipo elefante)
-Isha e Var(figlie di Rag)
-Imperatore Giallo (3000-2500 a.c.-forse mai esistito-gli viene attribuita la compilazione del "canone di medicina interna"
-Naho(uomo dell'eta' del ferro)
-nii (aghi)
-Than-discendente di Rag
-Hita –donna di Than
-Nabo-figlio di Than
-Moc -guerriero
-Gu- lo sciamano
-su- serpente

Nota: ad esclusione dei nomi di persone o animali dell'età primitiva, che sono frutto di fantasia, i nomi delle circostanze o di alcune persone citati nelle varie epoche sono appartenuti a individui realmente vissuti, ma ricollocati in un contesto immaginario, anche se aderente agli eventi di quel determinato periodo.

Introduzione

Lontane e misteriose sono le origini dell'agopuntura: alcuni scritti citano il segreto della tartaruga, altre leggende narrano di un guerriero affetto da un dolore cronico, che ,ferito per caso dalla freccia di un compagno mentre si riposava accucciato dietro un cespuglio, sarebbe guarito all'istante.

Comunque sia l'agopuntura, e le pratiche ad essa connesse rivelano conoscenze particolari e profonde che sono comuni praticamente in tutta l'asia.

Le prime notizie sono arrivate in occidente con "Il Milione " di Marco Polo, ma la vera divulgazione è stata merito del francese Souliè de Morant, che per primo pubblicò un libro sull'argomento.

Sulle origini, di fatto, non vi è niente di certo, forse anche perchè è difficile interpretare gli ideogrammi cinesi il cui significato può variare molto in rapporto al contesto della frase in cui si trova.

Sulla base degli studi effettuati dai sinologi si hanno comunque dati certi che la medicina cinese ebbe uno sviluppo molto importante e molto vasto ancor prima di quella occidentale avendo gradualmente acquisito il concetto di malattia in modo scientifico legato al rapporto tra uomo e universo e non legato al concetto di punizione divina.

In questo romanzo l'acquisizione e l'uso primitivo dell'agopuntura sono attribuiti alle figure immaginarie di Rag e Goa ,due umani del tardo neolitico, la cui intelligenza è simile a quella di bambini curiosi di tutto e desiderosi di imparare e che vivono un'esperienza straordinaria.

Ma avrebbero davvero potuto due individui, vissuti in quel periodo, essere in grado di comportarsi e di apprendere concetti come quelli espressi nel racconto? La risposta è "si" ed è suffragata da prove scientifiche e da ritrovamenti archeologici stupefacenti.

Il periodo neolitico è compreso all'incirca tra il 4300 e il 2500 a.c. ed è suddiviso, per comodità, in primo neolitico, o età degli antenati, medio neolitico, o età dell'astronomia e tardo neolitico o età dei riti sacri, che precede l'età del bronzo.

Nell'età compresa tra il 4200 e il 2900 a.c. vennero costruiti i monumenti megalitici del tipo Stonehenge.

Nella Boyne Valley, in Irlanda è visitabile un monumento di rara bellezza, una grande tomba a corridoio in pietra ricoperta da un tumulo di terra disposta secondo un allineamento solare, verificato per la prima volta nel 1967 dal prof. M.J. o'Kelly: all'alba del solstizio d'inverno la luce solare penetra attraverso una fessura e illumina tutta la camera di fondo.

Attualmente il fenomeno è riprodotto per i numerosi visitatori con una luce artificiale.

Io stesso ho visitato questo sito ricavandone l'impressione che i costruttori fossero architetti veramente abili con una conoscenza incredibile dei pianeti della volta celeste e del loro movimento.

In terra d'Irlanda sono presenti molte costruzioni megalitiche e alcune purtroppo non sono neppure indicate, ma la terra dei celti offre comunque un esempio della grandezza e del livello di conoscenza raggiunto.

"Il grado di sofisticazione e organizzazione necessaria per costruire anche il più piccolo dei monumenti megalitici esclude la possibilità che siano stati costruiti da uomini barbari e primitivi..."da – Stonehenge di David Souden-ed.Corbaccio

Del resto il tardo neolitico prelude all'età del bronzo, un periodo in cui la mente umana si è ormai sviluppata in un cervello praticamente uguale al nostro e con un grado di intelligenza messo in luce da tutte le scoperte fatte .

A suffragio di queste affermazioni gli studiosi hanno di recente ipotizzato che i megaliti di Stonehenge, i più blasonati, siano nientemeno che un computer dell'antichità, in grado di consentire una corretta lettura della mappa celeste.

La domanda che sorge spontanea è: come hanno fatto a costruirli?

La teoria più accreditata è che siano stati costruiti trascinando le pietre con le corde su una specie di slitta lungo un tracciato di legno appositamente costruito, forse oliato con grasso animale.

E' possibile anche l'impiego di buoi o bestiame per aiutare a tirare i pesanti carichi.

Detto questo è evidente che dobbiamo rivalutare il sapere dei nostri antenati poichè essi erano in grado di compiere grandi opere avvalendosi di mezzi di gran lunga inferiori a quelli attuali e senza

mai perdere di vista i canoni che consentono di mantenere l'equilibrio
uomo- natura.

Capitolo 1-L'i n c o n t r o

Era ormai buio nella foresta quando il giovane Rag si fermò a riposare dopo una lunga giornata in cerca di una preda.

Intorno a lui il paesaggio aveva cambiato completamente aspetto perchè Sho, il sole, si era spento e Waa, la luna, aveva preso il suo posto nel cielo punteggiato di luci delle sue sorelle Lehe.

Questa volta però il cielo faceva paura perchè era attraversato da strani lampi, diversi da quelli di Drumm il vulcano, molto distante ma in grado di farsi vedere coi suoi bagliori e di farsi sentire borbottando con irascibile pericolosità: quando questo accadeva, dalla bocca di Drumm uscivano nubi di vapore e pietre incandescenti e scendeva una striscia di fuoco che bruciava tutto quello che incontrava sul suo percorso.

Ma ora non era così.

Rag era sicuro che fossero stati quegli strani lampi a far scappare Nifa, l'agile quadrupede che avrebbe dovuto essere la sua cena, e il suo coraggio di cacciatore per un istante rimase sopraffatto dalla paura di quei lampi colorati che ricordavano un poco quelli che accendono il fuoco sugli alberi.

Lo stomaco era ormai vuoto da due giorni e Goa lo aspettava nella caverna da lui scelta perchè vicina ad un posto favorevole alla caccia anche se un po' lontana dal loro villaggio.

La sua compagna era gravida, vicina al parto e non poteva stare troppo a lungo senza mangiare perciò Rag doveva continuare a cacciare fino a quando non avesse ucciso una preda.

Un brivido di stanchezza gli percorse la schiena, ma con determinazione impugnò la zagaglia e, per sentire meno la fame, strinse un poco la corda di liana che gli cingeva i fianchi con appese le armi di selce: l'ascia cta e il coltello tzo, mentre l'arco si e la faretra con le frecce appuntite erano portate alle spalle.

Prima di rialzarsi bevve un piccolo sorso di acqua dalla borraccia fatta con pelle di nifa, perchè conosceva bene il territorio e sapeva che trovare l'acqua era difficile, perciò mise in bocca un sasso bianco, tondo e liscio che lo avrebbe aiutato a tenere umida la bocca e a tenere lontana la sete.

Questi piccoli segreti aiutavano a sopravvivere in un mondo ostile ma era necessario anche saper riconoscere le piante, in particolare sha ,i cui teneri rami intrisi di acqua potevano essere la salvezza in assenza di una fonte dove abbeverarsi.

Rag decise inoltre di raccogliere un po' di radici e di frutti da portare a Goa come scorta di cibo nell'eventualità di una caccia infruttuosa.

Intorno a lui la vegetazione era fitta e la luce della luna non era sufficiente a rendere nitidi i contorni di quell'ambiente così ostile, anche per occhi allenati come i suoi.

Ad un tratto un rumore di rami spezzati tra le felci giganti davanti a lui lo mise in allarme e strinse forte la zagaglia con la mano destra, pronto a scagliarla con tutta la sua forza .

Eccola nifa, che uscita di scatto dalla macchia cercava di fuggire! Ma Rag era veloce e lanciò la zagaglia con tutta la sua forza, colpendola nel punto più vitale, subito dietro alla spalla sinistra e il piccolo quadrupede, dal muso affilato, cadde a terra rantolando.

Rag gli fu sopra con un balzo e, col coltello, gli tagliò la gola mettendo fine alla sua agonia; solo allora si fermò ad osservarlo e si rese conto che era un maschio di discrete dimensioni sufficiente a sfamarli per un po',quindi, affamato, tagliò un grosso pezzo di carne e, dopo aver acceso un fuoco iniziò a cuocerlo riempiendosene poi lo stomaco.

Ormai sazio, col calore del fuoco si addormentò di sasso, rimandando al giorno dopo il lavoro per trasportarlo via di lì.

Venne svegliato di soprassalto da un silenzio innaturale che gli mise paura e alzandosi adagio per non far rumore spostò i rami della felce gigante sotto cui si era addormentato: nella radura sottostante vide una grande cosa di forma allungata, liscia e lucente, avvolta da una luce verde, che sembrava non toccare il terreno.

"Quella cosa non è un animale-pensò Rag-è molto più grande di agor, che è più grande di un albero, che cosa può essere e che cosa ci fa qua?."

Una lama di luce tagliò il fianco di quella cosa e dalla sua pancia uscirono quattro figure simili a Rag ma più alte e magre; con una specie di bastone lucente in mano da cui usciva un fascio di luce bianca che veniva proiettato tutto intorno.

Quando la luce arrivò nella sua direzione Rag si appiattì sul terreno ma la paura era grande e, alzatosi, cominciò a correre ,scappando da quel posto stregato, dimenticando i resti della sua preda e i frutti e le radici raccolte.

"Devo fuggire, tornare da Goa" pensò, ma l'affanno era tale che nel tentativo di scavalcare il tronco di un albero abbattuto da un fulmine cadde violentemente sbattendo la testa contro una roccia e perdendo i sensi.

Si risvegliò intontito quando sho era ormai alto nel cielo e uno dei suoi raggi ,filtrando tra le piante, lo colpiva sugli occhi.

Intorno a lui c'era lo stesso silenzio della sera prima, ma ora riusciva a vedere bene e a riconoscere quello che gli stava intorno.

La prima cosa che cercò erano le strane figure: non vedendo nulla si rialzò e fece per dirigersi alla sua caverna, ma si ricordò del nifa ucciso e delle radici raccolte e con cautela si diresse verso il posto dove si era accampato la sera prima.

Ritrovò tutto come l'aveva lasciato e, guardandosi intorno impaurito, con la sensazione di essere osservato lo raccolse in fretta poi con passo veloce si allontanò verso la caverna...

Nella navicella spaziale monoposto a propulsione ionica, resa invisibile dalla attivazione del sistema a riconfigurazione rifrattiva, l'extraterrestre osservava sullo schermo la figura di Rag; attivò il termoscanner e lo seguì fino alla caverna con la piccola astronave che procedeva silenziosa, quasi galleggiando nell'aria.

Lì osservò l'incontro con la compagna del terrestre, poi, rapidamente, fece ritorno alla nave madre.

Rag intanto si mise a raccontare come poteva l'avventura della notte precedente, ma la fame di entrambi prese il sopravvento sull'ansia del racconto ed essi si gettarono sul cibo mangiando avidamente le radici e i frutti .

Il mattino dopo il cacciatore si svegliò quando il sole era già alto; Goa era fuori dalla caverna accanto al ruscello ad attingere l'acqua con un recipiente ricavato dalla vescica di nifa; l'uomo era felice di essere accanto alla sua donna e le guardava il ventre ormai così grosso da non lasciare dubbi sulla vicinanza del parto.

Aveva già visto partorire Fura, sorella di Goa e sapeva che la presenza della donna sarebbe stata utile in quei momenti, troppo difficili per un cacciatore, ma ora lei era in pianura con Mota, il guerriero, in un altro territorio di caccia, e ci sarebbe voluto troppo tempo per cercarla ,perciò si sforzò di ricordare quello che aveva visto fare ,imprimendolo bene nella mente.

La giornata trascorse tranquilla, affilando la lama del coltello e la punta della zagaglia e preparando una seconda corda per l'arco mentre la compagna tagliava a piccoli pezzi la carne di nifa per poi seccarla al sole e cominciava a conciare la pelle dell'animale ,raschiando la parte interna fino a renderla completamente liscia e pulita.

A bordo della navicella l'extraterrestre li osservava, studiando il loro comportamento e pensando che questi esseri avevano ancora un lungo cammino da percorrere prima di raggiungere un livello di conoscenza accettabile, ma erano sulla giusta strada, come altri esseri su altri pianeti già visitati, e arrivati a diversi livelli di conoscenza.

L'extra terrestre poteva comprendere il linguaggio degli umani, un linguaggio articolato e complesso, essendo in grado di comunicare col pensiero: le parole e le immagini venivano infatti ricevute e parimenti trasformate in impulsi che la sua mente elaborava traducendoli in un frasario emozionale e olfattivo equivalente ad un vero e proprio linguaggio.

Questo era reso possibile dallo sviluppo del suo cervello ,di dimensioni maggiori in confronto a quelle dei due terrestri mentre il resto del corpo era simile.

La vita nell'universo infatti ha privilegiato quegli esseri che hanno potuto svilupparsi secondo questo criterio, dato che le funzioni del cervello vengono potenziate dall'uso di ogni parte del corpo, soprattutto delle mani, e in particolare del pollice opponibile che, consentendo di compiere gesti e azioni sempre più complesse, innesca pensieri e ragionamenti sempre più profondi.

In questo modo il numero dei neuroni aumenta e l'intelligenza si accresce.

I pensieri dell'extra terrestre vennero interrotti dalla rilevazione di una anomalia nei suoi strumenti che mostravano nella femmina un travaglio di parto già iniziato con due creature, una delle quali in difficoltà, in procinto di nascere.

Proprio in quel momento Goa emise un gemito di dolore e Rag saltò in piedi correndo accanto a lei senza sapere cosa fare mentre piegata sul fianco con le mani sul ventre urlava guardando disperata il compagno paralizzato dallo spavento.

L'extraterrestre osservava la scena domandandosi se fosse suo compito intervenire in aiuto della femmina ,svelando così in modo non convenzionale la sua presenza e rischiando reazioni violente e pericolose oppure se fosse meglio osservare di nascosto gli eventi.

Alla fine scelse la prima soluzione: disattivò il rifrattore di invisibilità e fece atterrare dolcemente la navicella sul piccolo pianoro antistante la caverna.

Il portellone si aprì senza far rumore e l'extraterrestre uscì all'aperto sotto gli occhi terrorizzati dei due.

Guardando l'umano gli comunicò col pensiero di star calmo e di non aver paura, poi andò verso Goa tenendo in mano uno strumento di forma cilindrica che emetteva una luce azzurra; lo passò sul corpo della donna e, valutata la gravità di quello che stava accadendo, decise di teletrasportarli sull'astronave madre dopo aver avvisato i suoi compagni.

All'interno della"cosa" Rag, appiattito sul pavimento metallico osservava lo strano essere che, dopo aver puntato il suo strumento verso Goa ,la sollevava da terra e la faceva adagiare sopra uno strano letto.

Tutto intorno era un turbinìo di luci e suoni mai sentiti prima.

Le figure aliene circondarono il letto; l'extraterrestre puntò il piccolo strumento dapprima sulla fronte di Goa che si addormentò di colpo, poi fece lo stesso con lui, che cadde in un sonno profondo.

Quando si svegliò la prima cosa che avvertì fu uno strano suono, poi il freddo del metallo; nella stanza c'era una luce bianca tenue e diffusa.

La vista del corpo immobile di Goa sul letto metallico lo fece sobbalzare: si avvicinò tremante ma si accorse che respirava bene e sollevando il telo bianco che la ricopriva, si rese conto che la pancia si era sgonfiata e non c'erano segni sul suo corpo.

In quel momento la donna si svegliò e, strinse un braccio al compagno tremando, con lo sguardo spaventato, incapace di rendersi conto dell'accaduto.

Mentre cercavano di capire si aprì una porta e comparve l'alta figura dell'extraterrestre che comunicò loro di seguirlo, ed essi lo fecero titubanti e aggrappati l'uno all'altra.

Vennero condotti lungo un corridoio ad una stanza senza porta: in un angolo sospesi nell'aria due piccoli corpi si muovevano emettendo dei suoni e i genitori riconobbero subito quelle figure: erano le loro creature, entrambe femmine.

L'extraterrestre osservava curioso la loro espressione di gioa mista a paura e ricavandone la netta sensazione di aver agito per il meglio, si avvicinò e cominciò a spiegare.

Il compito non era facile ,perché questi non solo non capivano come fosse possibile parlare nella mente ma soprattutto non capivano cosa era successo; l'unica cosa evidente era che lo straniero aveva salvato la vita alla madre e alle figlie e questo contribuiva a renderli più tranquilli e disposti ad ascoltare.

L'alieno si chiamava Shabir e, indicando il cielo, raccontò di appartenere alla razza degli Horat e di venire da un pianeta molto lontano, posto in un'altra galassia; stava esplorando l'universo alla ricerca di nuovi mondi assieme ad un gruppo di saggi studiosi.

Quello che Rag capì meglio fu che questo straniero era un po' come Gu, lo sciamano, guaritore dei cacciatori feriti.

Dal canto suo Shabir si rendeva sempre più conto di aver incontrato due umani che mostravano di essere in grado comprendere ben oltre le sue aspettative e si ripromise di insegnar loro quanto possibile.

Spiegò poi ai due che le loro figlie dovevano restare per qualche giorno nell'astronave madre per essere controllate avendo sofferto durante la nascita ma nel frattempo essi avrebbero potuto anche restare ,per visitare la nave spaziale e cominciare a comprendere meglio.

Con stupore misto a paura i due facevano il giro della grande e silenziosa nave, fortemente attratti da quel posto incredibile e misterioso.

Shabir comprese che per loro era stata un'esperienza troppo forte e, sebbene spinto dalla voglia di verificare le capacità di apprendimento dei suoi ospiti, decise di sospendere momentaneamente ogni spiegazione e li condusse nella stanza dove si trovano le figlie perchè potessero riposarsi e ritrovare un poco della loro identità.

Nei giorni successivi la confidenza tra l'extraterrestre e gli umani cresceva ed essi sperimentarono al tatto la liscia superficie del metallo dell'astronave fatta di riflessi e di luci che compaiono dal nulla al semplice tocco della loro mano.

Lo schermo su cui erano mostrate le immagini di tutto quello che c'era intorno era un'altra entusiasmante attrazione che non finiva di stupirli e il quadro si completò quando ,in sincronia con un suono lungo e dolce, comparve al centro dell'astronave, uscendo da un cilindro con una larga fessura, davanti ai loro occhi troppo provati, una figura, in realtà un ologramma, che si rivolgeva a Shabir e compagni con uno strano linguaggio.

Goa allungò la mano per toccare quella figura che sembrava quasi trasparente e le sue dita attraversarono l'immagine che continuava a parlare.

Il loro stupore fu grande e lo divenne ancora di più quando Shabir spiegò che quella figura era solo l'immagine di un compagno che parlava dal suo pianeta di origine ed era fatta di puntini luminosi.

Dopo questo Rag decise di scendere dalla nave con tutta la famiglia e di tornare nella caverna dove i sassi e le rocce erano sempre fermi e tutt'al più sembravano prendere vita solo col bagliore del fuoco che creava giochi di luci e ombre.

Ombre! Quando si trovarono nella caverna li attendeva il buio completo, e il fuoco che stentava a prodursi dalla scintilla delle pietre di stelle, non sembrava più generare una luce sufficiente.

Si addormentarono entrambi a fatica ,dopo aver mangiato della carne cotta e aver nutrito le piccole e il loro sonno venne turbato da figure che comparivano all'improvviso e da strani animali col corpo liscio ,metallico, che la zagaglia di Rag non riusciva a ferire.

Al risveglio le foglie secche del giaciglio erano bagnate dalla umidità della notte e dal loro sudore; le piccole avevano fame e Goa si mise ad allattarle, con la mente distratta dal ricordo delle esperienze appena vissute e il suo sguardo incontrò quello di Rag, che sembrava mostrare le stesse emozioni.

Si scambiarono poche parole, poi l'uomo uscì per andare a caccia: non doveva dimenticarsi che suo era il compito di procurarsi il cibo ma questa volta incontrò quasi subito sul suo cammino un grosso uccello incapace di volare dalla carne un po' dura ma buona, e lo abbattè con una freccia, poi, raccolte alcune radici, fece ritorno alla caverna.

Il resto della giornata venne trascorso in silenzio; ognuno si occupò di fare quello che serviva, e Goa terminò di conciare la pelle di nifa, ma il pensiero di entrambi era rivolto alla nave spaziale e ai suoi silenziosi abitanti.

Shabir, dal canto suo, era consapevole che non doveva turbare troppo l'equilibrio di questi umani: sconvolgere loro la vita poteva comportare il rischio di perderli per sempre ,cosa non auspicabile dato che una prima vera bioanalisi spettro- scanner, effettuata all' insaputa, aveva rivelato un profilo evolutivo intellettuale con valori interessanti.

Trascorsero alcuni giorni senza che nulla accadesse, poi Rag andando a caccia, si imbattè in un grosso animale che ,una volta ferito, lo

12

aggredì a sua volta impegnandolo in una lotta selvaggia prima di venire ucciso.

Anche Rag era ferito: perdeva sangue da una gamba e la spalla con cui lanciava la zagaglia era molto dolente; il suo coltello si era spezzato e gli restava solo l'ascia.

Decise allora di cercare gli stranieri per farsi aiutare e cominciò a trascinarsi a fatica verso il luogo dove era atterrata l'astronave.

Arrivato a stento nella radura, urlò il nome di Shabir poi allo stremo delle forze, si lasciò andare per terra .

Il guardiano della nave spaziale, vedendo sullo schermo di controllo l'immagine del ferito, avvisò subito Shabir e, nel frattempo, lo teletrasportò all'interno nel settore di bio-rimodulazione.

Al suo sopraggiungere l'uomo si calmò spiegandogli l'accaduto.

L'alieno estrasse dalla tuta il piccolo strumento cilindrico che Rag gli aveva già visto usare e glielo puntò in mezzo alla fronte facendo uscire un raggio di luce verde che all'istante addormentò il ferito.

Al suo risveglio era solo, avvolto da un profondo silenzio a tratti interrotto da un suono vibrante, leggero ma penetrante e si rese conto che il suo corpo galleggiava sospeso nell'aria e, non sentendo più alcun dolore ,si riaddormentò tranquillo.

Quando riaprì gli occhi vide Shabir con un compagno davanti al monitor: dentro si vedevano delle figure in movimento e, guardando ,capì che nella radura fuori dalla nave si muovevano grossi animali.

Si alzò da quella specie di comodo e invisibile giaciglio "galleggiante " e si avvicinò ai due che lo squadrarono mentre osserva il monitor.

"Da lì" pensò Rag" si osserva la preda di nascosto, come faccio io quando sto accucciato dietro un cespuglio e scosto i rami per spiare nifa!"

Shabir gli spiegò che il monitor serviva per sorvegliare la nave senza spaventare gli animali, ma anche e soprattutto per scrutare il cielo, cioè lo spazio durante la navigazione.

L'umano alzò lo sguardo con fare interrogativo e osservò il sole poi tornò a guardare Shabir come per chiedere che cosa si poteva vedere e l'alieno rispose che si vedeva tutto ciò che sta nel cielo: il sole, la luna, le stelle e altri pianeti come quello di Rag e fu ricambiato da uno sguardo dove lo stupore e la curiosità facevano da cornice a due occhi vivaci e attenti.

Dopo questo colloquio l'alieno si rivolse al suo compagno e scambiò con lui alcune parole che l'uomo non capì pur intuendo dai loro sguardi che stavano parlando di lui.

Alla fine Shabir disse all'umano che prima di tornare al suo pianeta gli avrebbe insegnato i fondamenti della medicina degli Horat e molte altre cose utili al suo popolo. Sarebbe poi spettato lui e ai suoi discendenti il compito di comprenderle sempre meglio e di tramandarle.

Così a poco a poco avrebbero imparato i segreti dell'universo.

Rag era frastornato e la sua mente non riusciva a comprendere tutto , ma il pensiero di diventare simile a uno sciamano lo eccitava e si dichiarò pronto ad imparare, come quando ascoltava suo padre che gli insegnava a riconoscere il tempo trascorso dal passaggio di un animale o la sua specie guardando le impronte ,o i rami spezzati o lo sterco e le urine.

Prima di tutto però dovette lasciarsi guardare per qualche istante da una "cosa" speciale che Shabir chiamava scanner, una scatoletta che andava su e giù davanti a lui fermandosi davanti alla faccia.

Rag restò immobile mentre il suo cervello veniva scannerizzato e quasi non respirava per la paura che qualcosa uscisse improvvisamente da quella macchina, ma non successe niente, nessun rumore lo mise in allerta: vide solo una piccola luce rossa che si muoveva di continuo e che poi si spense di colpo e Shabir gli comunicò soddisfatto che tutto andava bene e poteva tornare da Goa.

Goa! in tutto questo tempo se l'era dimenticata ma in fretta scese dalla nave e corse da lei a perdifiato per raccontarle tutto quello che gli era capitato.

Trovò il fuoco acceso davanti alla caverna e Goa rannicchiata sul fondo, davanti al giaciglio delle figlie addormentate.

Teneva in mano un grosso bastone perchè aveva appena affrontato un animale ringhioso che cercava di assalirla spinto dalla fame ma la decisione e il coraggio nella lotta per la sopravvivenza avevano per fortuna avuto la meglio sull'animale ,che se n'era andato sconfitto.

Rag fece un giro per controllare che fosse davvero così e, non trovando più segni della sua presenza ritornò alla caverna.

Dopo essersi riempito la pancia, Rag raccontò quello che gli era successo aggiungendo che lo straniero aveva intenzione di insegnare loro dei segreti così grandi da farli diventare più potenti dello sciamano e i loro figli e i figli dei loro figli sarebbero stati capaci di fare le stesse cose fatte da Shabir e compagni : guarire chi stava male.

Goa non comprendeva tutto quello che il suo uomo le raccontava, ma si fidava di lui proprio come del resto faceva ogni giorno mettendo la vita nelle sue mani, aspettando il cibo per nutrirsi, tenendo vivo con lui il segreto delle braci di fuoco.

Il suo compagno la difendeva dagli animali selvaggi e con lui aveva messo al mondo due femmine, per cui la sua risposta fu un semplice sorriso e Rag la ricambiò con un sorriso che esprimeva la consapevolezza di non essere da solo.

E' un'espressione di intelligenza il sorriso, e ben aveva intuito Shabir ritenendo che questa coppia fosse idonea ad essere istruita.

Capitolo 2 -l'insegnamento-

Tre figure osservavano il monitor che ritraeva le immagini della terra
, della luna, del sole e degli altri pianeti che gli ruotano attorno.
Una di esse indicava con un dito quello che stava spiegando, usando in
realtà solo il pensiero; le altre la seguivano attentamente e quando
non capivano, il tocco di un dito trasformava una immagine piccola in
una più grande e più grande ancora fino a mostrare dei particolari
che consentivano una facile comprensione.
Tra shabir, Rag e Goa, poichè di loro si trattava, si era ormai
instaurato uno stretto legame e l'alieno, a volte molto convinto di
quello che faceva ,a volte meno, come un padre paziente passava il
tempo a insegnare ai suoi protetti i primi passi per l'apprendimento
di cose assolutamente incredibili.
Anche gli altri uomini dello spazio, pur, con qualche titubanza iniziale,
si erano resi conto dell'intelligenza di questi esseri coi quali si stava
instaurando una amicizia reciproca.
Tutto quello che Shabir doveva comunque fare era di usare la
pazienza poichè i suoi insegnamenti stavano scavalcando millenni di
storia futura ,anticipando tempi molto lunghi che li avrebbero portati
ad un livello di conoscenza superiore.
"Il sole è la stella che sta al centro e riscalda i pianeti che gli ruotano
intorno, tra cui la terra, e il giorno e la notte sono dovuti a questo
movimento."
Così cominciò la loro istruzione.
"Quando la terra è più vicina al sole le stagioni sono più calde e si
producono più frutti e quando la terra è più lontana dal sole fa più
freddo e bisogna coprirsi con le pellicce degli animali.
La terra gira sul suo asse, che è inclinato e, a causa di questi
movimenti, si determinano alcuni fenomeni: lo schiacciamento dei
poli, la precessione degli equinozi, gli equinozi e i solstizi.Così
vengono chiamati. Questi ultimi sono molto importanti per capire
l'andamento delle stagioni.
Accanto ad essi le fasi lunari sono ugualmente utili per stabilire i
momenti migliori per seminare la terra.

Rag e Goa ascoltavano l'amico che stava istruendoli e avevano la sensazione che il mondo descritto non fosse il loro, nel quale la sostanza era il sole che riscaldava e illuminava e la luna che rischiarava la notte, ogni giorno allo stesso modo, ma la presenza stessa di quell'essere ,che aveva salvato le loro vite, era in qualche modo sufficiente a indurli ad ascoltare e a cercare di comprendere.

D'altra parte il linguaggio mentale che Shabir usava e le immagini stesse, prodotte sul monitor erano uno strumento efficace e meraviglioso per la comprensione.

Questo monitor infatti se usato da Shabir e compagni, con cui era sintonizzato, funzionava sia con il tocco di un dito che con l'impulso del pensiero, ed era in grado di riprodurre qualsiasi disegno o immagine.

" I giorni del solstizio sono quelli in cui si ha il massimo o il minimo di ore di luce" continuava l'alieno" quindi il solstizio d'estate è il giorno in cui il sole raggiunge il punto più settentrionale, più alto all'orizzonte (21 giugno)cioè il giorno più lungo; dal giorno successivo il sole tenderà a spostarsi sempre più a sud, cioè in basso e le giornate, che fino a qui si erano allungate ,riprenderanno ad accorciarsi fino alla fine dell'estate astronomica(21 dicembre) con il solstizio d'inverno cioè il giorno più corto.

L'equinozio indica invece i due giorni (21 marzo equinozio di primavera e 23 settembre equinozio d'autunno),in cui la notte e il giorno hanno la stessa durata.

Questo accade nell'emisfero settentrionale, cioè quello a nord verso le terre fredde , mentre nell'emisfero meridionale, cioè quello a sud verso le terre calde i tempi sono invertiti.

Alcune di queste cose Rag le conosceva: aveva già visto il sole scendere quasi fino ad entrare nella terra o fuggire molto in alto come per scappare via nel cielo.

Shabir usava poi altre parole :"Il perielio indica il punto di minima distanza di un pianeta dal sole; afelio indica il punto di massima distanza di un pianeta dal sole; perigeo è il punto di

minima distanza della luna dalla Terra e apogeo, è il punto di massima distanza della luna dalla terra."

Col procedere della spiegazione per Rag e Goa diventava sempre più difficile sia capire che ricordare le nozioni perciò Rag si inventò un modo facile per ricordare: uscito nella radura raccolse dei piccoli sassi e, con la guida di Shabir, li dispose per terra ricreando in modo molto semplice, la mappa dei movimenti della terra e del sole.

Questi sassi gli avrebbero permesso di ricordare, e soprattutto di insegnare a sua volta agli uomini della sua tribù.

Shabir trovò buona l'idea di ma decise di realizzarla su scala più grande per cui cercò sulla sua mappa un pianoro per poi posizionare opportunamente, su di esso, grossi massi con cui si sarebbe potuto controllare i movimenti del sole, della terra e della luna; e anche fare dei calcoli per meglio comprendere i mutamenti e le trasformazioni del calendario che regola la vita sulla terra.

I giorni successivi trascorsero nella ricerca di un posto che fosse facilmente raggiungibile dagli umani, poi Rag assistette ad un evento che lo spaventò e lo esaltò. Individuato il pianoro ,dall'astronave venne proiettato un raggio rosso come il fuoco, cento volte più potente del fuoco che viene dal cielo e il terreno venne spianato .

Shabir, dopo aver fatto dei calcoli su un piccolo schermo luminoso tracciò per terra col suo strumento dei segni e poi lo usò per scavare delle larghe buche rettangolari disposte a distanze quasi uguali a formare un largo cerchio.

Infine, individuati dei grossi massi, indirizzò verso di essi il raggio di luce rossa tagliandoli in una forma grossolanamente rettangolare.

Ad una ad una poi le pietre vennero sollevate da un raggio antigravitazionale e lasciate cadere nelle buche precedentemente scavate.

Al termine del lavoro Shabir spiegò che le pietre erano state disposte circolarmente in modo che all'alba dei due solstizi ,il sole illuminasse la punta di due di esse e, ai rispettivi tramonti, le basi di altre due, secondo una disposizione diagonale.

Le altre pietre, alcune delle quali erano più alte, erano state disposte in modo da aver come punto di riferimento una stella molto luminosa, che avrebbe permesso di seguire i movimenti della terra: shabir chiamò quella stella Venere.

Altre pietre erano state disposte in modo da poter vedere i punti estremi del sorgere e del tramonto della luna.

N	E
tramonto	alba
solstizio d'estate	solstizio d'estate

O	S
tramonto	alba
solstizio d'inverno	solstizio d'inverno
d'inverno	

Era stato un grande giorno per Rag e Goa, che non vedevano l'ora di raccontare tutto allo sciamano della loro tribù, ma una domanda continuava a tormentare Rag: come aveva fatto Shabir a guarirlo? e come era riuscito a far sparire i dolori di Goa aiutandola nel parto?

L'extraterrestre leggendogli i pensieri raccontò che aveva potuto farlo usando uno strumento particolare, in grado di svolgere molte funzioni ma la tecnica era di difficile comprensione e per il momento era meglio accontentarsi di quello che aveva imparato.

Quel giorno, tornando alla loro caverna i due umani si resero conto che niente per loro sarebbe più stato come prima senza sapere che avevano avuto il privilegio di essere stati scelti come primo anello per una decisiva evoluzione della specie.

Guardando le figlie addormentate il loro pensiero tornò prepotentemente alla necessità di sopravvivenza alleggerendo un poco l'importanza del momento e così l'esperienza vissuta venne temporaneamente messa da parte.

Rag uscì a caccia ma senza riuscire a procurarsi nessuna preda per cui si mise a cercare le solite radici molto nutrienti raccogliendone parecchie.

Ritornò alla caverna quando era già buio e il fuoco che ardeva lo rassicurò sulla presenza di Goa, guardiana delle figlie, anche se ormai sapeva di poter contare sull'aiuto di qualcuno molto più potente.

Con questi pensieri si perse via prima di addormentarsi con lo stomaco pieno.

Per alcuni giorni gli umani non andarono all'astronave; solo un giorno il cacciatore, durante una battuta, si spinse fino alla radura per controllarne la presenza, e verificatala quasi con sollievo, continuò la caccia.

Le loro giornate però trascorrevano irrequiete, e, alla fine, decisero di ritornare dagli extraterrestri, che ,dal canto loro, non avevano ritenuto opportuno forzare alcun tipo di comportamento.

All'arrivo davanti alla nave la porta silenziosamente si sollevò e i due entrarono portando con sè le due figlie, infagottate sulla loro schiena.

Rag girava all'interno dell'astronave come per verificare che niente fosse cambiato durante la sua assenza, poi si mise davanti a Shabir fissandolo con sguardo interrogativo.

Rispondendo a questo sguardo l'extraterrestre li portò in una stanza nel settore di bio-rimodulazione che non avevano mai visto e la cui porta non era visibile nel contesto della parete di lucido metallo.

Al centro si trovava un letto sospeso e sopra di esso un oggetto rotondo, trasparente che si accese al passaggio della mano di Shabir, proiettando un fascio di luce bianca di maggiore o minore intensità secondo i movimenti della mano stessa; su di una parete un braccio telescopico reggeva un quadrato bianco lucente, mentre su un ripiano era appoggiato lo strumento che Rag ben conosceva perchè lo aveva visto usare su di sè e su Goa.

Shabir indicò lo strumento rettangolare e spiegò che era un modello più grande di bio-scanner e aveva la funzione di consentire il riconoscimento di una malattia o la gravità di una ferita se passato sul corpo di un individuo, proprio come era successo con loro.

Su un monitor appeso ad una parete si poteva inoltre vedere l'immagine di chi era steso sul letto ingrandendola se necessario per vedere meglio quando si operava.

Lo strumento cilindrico emetteva invece fasci di luce di diverso genere: un potente fascio di luce bianca diffusa serviva ad illuminare nel buio della notte; un sottile fascio di luce verde serviva ad addormentare completamente colui che doveva essere operato; un sottile fascio di luce rossa tagliava come un coltello affilato e bloccava l'uscita del sangue; una luce gialla diffusa faceva scomparire le cicatrici delle ferite facendole guarire un fretta.

Infine lo strumento poteva irradiare un sottilissimo fascio di luce azzurra in grado anche di spostare gli oggetti.

Nel mostrare quest'ultimo Shabir guardò intensamente i due, rapiti da quello che vedevano e confidò loro che questa luce era in grado di muovere l'energia della vita.

Poi spense ogni cosa e li portò fuori dalla stanza.

Per loro l'extraterrestre ora era molto più che una divinità e certamente molto più sapiente del loro sciamano che troppo spesso non riusciva guarire le ferite causate dagli animali usando appena l'impiastro di qualche erba e scuotendo dei sonaglietti posti sopra un bastone.

Essi non avevano visto molte guarigioni far seguito a cantilene gutturali o a danze magiche, nè avevano visto la scomparsa di cicatrici conseguenti ad una ferita, anzi molto spesso le cicatrici erano deturpanti e in alcuni casi rendevano difficile camminare o muovere le braccia per scagliare una freccia o lanciare la zagaglia.

Questi esseri invece avevano un grande potere e lo esercitavano stando in un profondo silenzio, usando cose mai viste, in grado di guarire veramente.

Quella notte i due umani la trascorsero nell'astronave per la prima volta senza alcuna preoccupazione, sdraiati sul pavimento metallico, mentre le loro figlie dormivano sul giaciglio aereo, esse pure tranquille.

Intorno all'astronave la protezione era assoluta e non sentivano neppure i rumori degli animali notturni, che di solito li allarmavano spingendoli ad attizzare il fuoco .

Rag pensava questo, sorridendo mentre si addormentava .

Venne svegliato da Goa, a sua volta svegliata da rumori insoliti: gli alieni erano tutti agitati e in movimento e parlavano gesticolando tra di loro in modo incomprensibile.

Shabir spiegò che uno dei suoi compagni era uscito dalla nave spaziale per prelevare dei campioni di roccia ed era stato improvvisamente assalito da un animale strisciante che lo aveva morso ad un piede iniettandogli un veleno.

Rag conosceva bene il veleno di Su perchè aveva perso dei compagni a causa sua e, volendo mostrare quanto conosceva si offrì di uscire a raccogliere le erbe efficaci contro il veleno ma Shabir lo rassicurò sulla guarigione del compagno, poi invitandolo a seguirlo entrò nella stanza di bio-rimodulazione.

Sul letto operatorio sospeso nell'aria era sdraiato l'alieno aggredito dal serpente e Rag ebbe modo di osservare bene per la prima volta come erano fatti gli extraterrestri: il corpo era simile al suo ma più snello e privo di peli; i piedi non avevano dita ma la forma era simile a quella dei piedi umani ,mentre le mani, che spesso vedeva all'opera, avevano dita più affusolate ma simili alle sue.

21

Osservando il resto del corpo Rag dedusse che era una femmina, poichè era uguale a Goa.

Shabir spiegò all'umano che nel corpo di ogni essere vivente scorre l'energia della vita"se tocchi certi punti con le tue dita senti il sangue che scorre e se ti ferisci con una roccia o vieni morso da un animale, il sangue esce e tu perdi le forze e muori, ma puoi perdere le forze anche se il sangue non esce, quando l'energia è poca.

Vedi questo fascio di luce azzurra: quando lo dirigo sul corpo esso rivela l'energia che scorre in noi e, poichè in alcuni punti l'energia è superficiale, il fascio di luce li rivela.

Questi sono i punti che regolano l'energia.

Essa è come la corrente di un fiume, che scorre veloce, ma, se piove troppo, il fiume si gonfia ed esce dal suo letto ,se invece il percorso del fiume è ostacolato da tronchi o da grossi massi l'acqua non scorre bene.

Devi sapere che nel corpo scorrono tanti piccoli fiumi di energia e ognuno può essere regolato puntando la luce azzurra sui punti che la luce stessa rivela.

Quando il punto è visibile il fascio di luce diventa da solo molto sottile, molto più di una spina di pianta e regola l'energia, che ritorna a scorrere correttamente.

Noi chiamiamo questi fasci luminosi "aghi di luce" e con essi il nostro popolo si cura sin dai tempi antichi.

Ora ti mostro come funziona"

Detto questo Shabir si avvicinò alla compagna ferita e la esaminò sotto la luce azzurra.

Lungo il suo corpo subito divennero visibili moltissimi punti disseminati sugli arti e sul tronco, tutti uniti da un filo sottile.

Arrivato al piede nel punto in cui il serpente aveva iniettato il veleno. i fili erano interrotti e così pure più sopra, verso l'inizio della gamba.

Il fascio di luce azzurra si trasformò in un ago sottile che arriva proprio sui punti visibili e, all'istante, i fili interrotti si ricongiunsero.

Poi Shabir passò lo strumento anche su altre parti del corpo apparentemente sane, e, dopo pochi istanti, il fascio di luce si spense e l'alieno spiegò che tutto era a posto e la sua compagna era guarita.

Rag rimase folgorato da quello che aveva visto: grazie alla loro conoscenza questi esseri erano in grado di ottenere un risultato incredibile e rapido quale Gu non sarebbe mai stato capace di ottenere.

"Ora-proseguì il suo amico- ti mostrerò alcune parti del corpo che hanno la forma di un cerchio in movimento; queste parti controllano l'energia e in esse è contenuto il segreto della vita "

Usando ancora il fascio di luce Shabir lo passò adagio su sette punti; l'ultimo dei quali era situato sul cranio e grazie a questa luce Rag vide che all'interno di questi piccoli cerchi c'era qualcosa che si muoveva continuamente .

A quel punto Shabir spense la piccola torcia e la sua compagna si alzò dal letto; guardò il saggio terapeuta e, abbassando appena la testa, in un cenno di ringraziamento, uscì dalla stanza.

Sul suo pianeta Shabir era un Tor, un saggio, e faceva parte dei Grandi Consiglieri del suo popolo ed era molto rispettato per la grande conoscenza .

A lui si rivolgevano spesso coloro che avevano bisogno di cure molto particolari perchè aveva anche la sapienza di altri popoli su altri pianeti e per questo la decisione di istruire gli umani non era stata contestata.

Ormai Rag e Goa vivevano sull'astronave da cui ogni giorno il cacciatore scendeva per andare a caccia.

Fuori, nella radura, Goa aveva scavato una piccola buca circondata da un muretto di grosse pietre che impedivano al vento di spegnere il fuoco , mantenuto costantemente vivo con l'aggiunta di pezzi di legno, su cui veniva cucinato il cibo procurato dal cacciatore e nella cenere venivano cotte le radici commestibili e i grossi frutti raccolti nella foresta.

Quando scendeva la notte Rag buttava la cenere sul fuoco per spegnere la fiamma e tenere calde le braci, poi saliva sulla nave e, una sera, non vedendo mai i suoi amici alieni cibarsi ,domandò a Shabir di che cosa si nutriva e questi, sorridendo gli mostrò alcune palline verdi ,tolte da un sacchetto appeso alla cintura.

"Da qui_-fu la risposta dell'alieno- ricaviamo tutta l'energia che ci serve."

Assaggiandone una, l'umano non sentì alcun sapore ,per cui decise in cuor suo che la carne di nifa era decisamente più buona e non era il caso di sostituirla .

Ogni giorno, sempre avvalendosi del monitor e usando ora Rag ora Goa come modelli, Shabir insegnava ai due il percorso dell'energia vitale dando alcuni suggerimenti pratici per curare traumi, ferite o malattie.

La sua lezione iniziava sempre mostrando come trovare i punti usando le dita e terminava con l'uso degli aghi di luce.

"Non posso donarvi il mio strumento poichè non sareste in grado di usarlo nel modo corretto ma potrete usare degli aghi ,con la punta sottile, ricavati dalle ossa di nifa, per ottenere ugualmente un buon effetto.

Potrete usarli sulle persone malate del vostro popolo e, aiutandovi anche con le erbe, che conoscete bene, otterrete molte guarigioni.

Nei sette punti più luminosi che vi ho mostrato non dovranno mai essere infissi aghi poichè facendolo si rischia di provocare la morte

Solo una persona molto esperta e usando gli aghi di luce potrebbe farlo perchè in queste zone è contenuto il segreto della vita umana.

Ora è arrivato per noi il momento di tornare al nostro pianeta e domani partiremo ma prima ti svelerò gli ultimi segreti che ti faranno diventare un grande sciamano. "con queste parole l'extraterrestre si allontanò.

All'alba Rag si svegliò dopo una notte agitata e aspettò il suo amico con impazienza e con un senso di angoscia perchè sapeva che non lo avrebbe più rivisto.

I due si guardarono negli occhi mentre Shabir gli dava un bracciale di metallo lucente largo alcuni centimetri con un pulsante e una larga fessura nel mezzo .Schiacciandolo una prima volta comparve un ologramma simile a quello che aveva già visto sull'astronave:una figura percorsa da tanti fili con tanti puntini.

Sette punti erano più grossi degli altri.

L'uomo riconobbe subito la riproduzione di quello che aveva visto con gli aghi di luce .

Schiacciando ancora il pulsante comparvero due triangoli sovrapposti e Shabir spiegò che la parte superiore corrispondeva al cielo, la parte intermedia corrispondeva all'uomo e la parte inferiore corrispondeva alla terra.

"Quando cielo e terra si fondono formano una stella , la stella della conoscenza, che è resa possibile quando si riescono a comprendere e a rispettare le leggi dell'universo; solo allora infatti l'uomo potrà affermare di essere simile agli Horat!"

Schiacciando per la terza volta il pulsante comparve l'ultimo disegno: era un quadrato contenente dei puntini e dei simboli e Shabir spiegò che il significato sarebbe stato compreso soltanto una volta raggiunto un grado elevato di conoscenza.

24

Poi Shabir spiegò che il bracciale funzionava prendendo l'energia dal sole e non si sarebbe mai fermato. Sarebbe bastato esporlo ogni tanto per un po' alla luce. Gli raccomandò infine di tenerlo protetto alla vista di occhi indiscreti avvolgendogli sopra una striscia di pelle di nifa. "Ora è arrivato il momento di partire, ma in un lontano futuro il tuo popolo e il mio si incontreranno e questa volta sarà la tua gente a venire da noi."

Dopo questo saluto gli umani scesero dall'astronave e la osservarono partire silenziosamente e scomparire in un lampo.

Fig.1

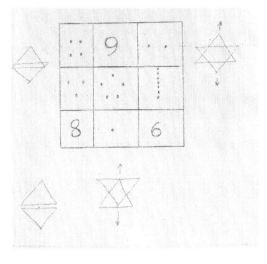

Capitolo 3- Un nuovo sciamano

I giorni seguenti Rag e Goa li passarono nella caverna, accudendo le figlie e ripensando alla loro esperienza e aspettando il momento opportuno per ricongiungersi alla tribù.

Una mattina dunque, grazie al miglioramento del clima, i due partirono portando con se' il minimo indispensabile: nello zaino sulle spalle di Rag, dentro i contenitori in corteccia di betulla, c'erano i carboni semispenti che servivano per accendere il fuoco e, intorno allo zaino le pelli del giaciglio; in una mano l'arco già pronto e una freccia, nell'altra la zagaglia.

Goa trasportava sulle spalle i fagotti con le due figlie e sulle braccia una vescica di nifa piena d'acqua e una specie di sacca contenente della carne essiccata e delle radici.

La tribù si trovava a un giorno e mezzo di cammino, ma Rag confidava di fermarsi in una caverna situata lungo il percorso, già usata altre volte, con la speranza di non trovarla occupata da un altro abitante.

Il viaggio procedette senza grossi intoppi fino alla caverna.

Lì i due si fermarono e l'uomo, tolto lo zaino, avanzò adagio in perlustrazione.

Arrivato all'imbocco sentì un forte odore ,ma nessun rumore e dentro scoprì resti di animali divorati e peli di orso.

Rapidamente tornò dalla compagna decidendo di proseguire, poichè in quel momento la lotta con questo animale sarebbe stata molto pericolosa, e non avrebbe potuto proteggere adeguatamente la sua famiglia.

Proseguirono fino all'imbrunire e, non trovando un riparo al coperto, salirono su una collinetta con un piccolo avvallamento in cima, appena sufficiente per far adagiare Goa e le figlie, ma utile per tenere d'occhio il terreno circostante, favoriti da una luna che illuminava a giorno.

Coperti dalle pelli la donna e le figlie si addormentarono mentre Rag faceva la guardia attento, concedendosi solo un breve sonno verso il mattino, dopo che Goa si era svegliata.

La marcia riprese senza altri intoppi e quando il sole era alto, giunsero in vista della palizzata che circondava le capanne della tribù posta in una radura vicino ad un fiume e ad una collina oltre la quale c'era una foresta ottimo territorio di caccia.

I due vennero accolti con gioia dal capo tribù che conosceva bene il cacciatore e il suo valore, molto utile se la tribù vicina, da sempre ostile, avesse attaccato il villaggio, come sembrava voler fare.

Le grida delle sentinelle li misero ad un tratto in allarme ma il timore si trasformò in gioia quando scoprirono che stavano arrivando anche la sorella di Goa, e Mota, il compagno guerriero, con il piccolo Soi per mano.

Goa corse incontro alla sorella Fura e le mostrò le figlie, poi le due si allontanarono allegre, facendosi le loro confidenze mentre gli uomini riuniti in consiglio parlavano tra loro e Mota riferì di aver visto un gruppo di guerrieri accampati poco distanti.

Attirato dall'odore del fuoco si era avvicinato con cautela e aveva riconosciuto i componenti della tribù ostile, per cui facendo un giro più largo si era affrettato ad avvisare i suoi compagni.

Il capo era ora più tranquillo con la presenza di Rag e Mota ma sapeva che una battaglia avrebbe comportato comunque delle vittime per cui decise di tendere un'imboscata ai nemici predisponendo le sentinelle nei punti strategici per dare l'allarme al loro arrivo e lasciandoli entrare nel villaggio, svuotato dagli abitanti nel frattempo nascostisi dietro la collina protetti dai guerrieri.

Una volta entrati avrebbero chiuso la recinzione dapprima solo minacciando gli intrusi con gli archi ,sperando in un abbandono dei loro istinti bellicosi e consentendo loro di arrendersi e andarsene, diversamente li avrebbero abbattuti.

Il piano del saggio capo, subito messo in pratica, ebbe l'effetto desiderato e i nemici entrati all'interno del villaggio,si aresero; solo uno di essi reagì scagliando una zagaglia contro Mota senza cogliere nel segno, ma per reazione venne colpito gravemente da una freccia.

Il capo dei nemici si accovacciò accanto al ferito, che era suo figlio e deposte le armi alzò le braccia in segno di resa, chiedendo di essere aiutato.

Lo sciamano si rifiutò di aiutare un nemico ma Rag e Goa, ricordando il grande esempio di amicizia avuto dalla gente di un altro popolo, si fecero avanti dichiarando, tra lo stupore generale, di voler tentare di guarire il ferito portandolo in una capanna dove sarebbe stato accudito da loro restando da solo.

Poichè il padre sapeva che la ferita non consentiva il trasporto, accettò volentieri di lasciarlo alle loro cure, chiedendo di poterlo vedere dopo un paio di giorni.

27

Ottenuto il permesso aiutò dunque Rag a costruire una piccola capanna per il figlio, poi se ne andò con i suoi.

Rimasti soli Rag e Goa estrassero con fatica la punta della freccia dal torace dell'uomo, poi tamponarono la ferita con un intruglio di erbe e la ricoprirono con larghe foglie.

Rag rammentava gli insegnamenti di Shabir e decise di fabbricare dei piccoli aghi con osso di nifa che Goa rese liscio, molto sottile e appuntito con la pietra; infine mettendo in pratica quello che aveva imparato, infisse questi aghi nel corpo del malato e dopo un poco l'uomo si addormentò tranquillo: la fronte non scottava più e il corpo era ricoperto da un velo di sudore.

A quel punto tolse gli aghi con cautela badando a non far uscire sangue, poi tamponò i punti e osservò ancora per vedere che tutto fosse a posto, infine uscì.

Nello spiazzo tra le capanne lo fermò il capo tribù che avendolo spiato, gli chiese che cosa stesse facendo, ma Rag rimandò le spiegazioni al giorno successivo.

All'indomani Rag e Goa cercarono di raccontare l'esperienza vissuta con gli alieni ottenendo soltanto sguardi di incredulità e l'ira dello sciamano che si sentiva privato del suo potere.

D'altra parte Rag era un uomo che importante e la sua parola non poteva essere messa in discussione per cui il saggio capo decise di aspettare e vedere le condizioni del ferito nei giorni successivi.

Il giorno dopo arrivò anche il padre dell'uomo, ormai convinto della sua morte, ma lo stupore nel trovarlo migliorato fu tale che oltre a consentire a Rag di continuare con le sue strane pratiche si prostrò ai suoi piedi dichiarandogli la sua fedeltà.

Un tale gesto non passò inosservato e non fece altro che aumentare la fama del guerriero.

Passarono i giorni e Rag e Goa si alternavano nell'uso degli aghi di osso sul ferito, che in breve tempo migliorò fino ad essere fuori pericolo.

Nel frattempo Rag era riuscito a spiegare come meglio poteva ai suoi compagni quello che gli era capitato, e, per darne una prova ,li portò sulla collina dove erano state poste in cerchio le pietre –calendario.

Allo stupore di quegli uomini nel vedere i megaliti fece seguito la felicità di Rag per aver recuperato la credibilità e al ritorno al villaggio il capo radunò la tribù e rendendo onore a Rag lo dichiarò il nuovo sciamano.

All'altro non restò che accettare questa decisione, anche perchè nel frattempo il giovane figlio del capo si era finalmente alzato e stava riprendendo gradualmente le forze.

Ogni tanto il saggio Rag entrava nella sua capanna, srotolava la pelle di nifa dal suo polso e guardava l'ologramma, poi riavvolgeva con un sospiro la pelle. Nel tempo che seguì comunque le ostilità tra le due tribù si placarono e alcuni gruppi addirittura chiesero e ottennero il permesso di trasferirsi costruendo nuove capanne all'interno della palizzata che pertanto dovette essere ampliata.

La scusa variava di volta in volta ma la verità era che tutti si sentivano più sicuri con il nuovo sciamano e si rivolgevano a lui ogni volta che c'erano dei problemi o qualcuno stava male.

Dopo alcuni mesi la morte del vecchio e saggio capo, che in altri momenti avrebbe causato tensioni e paura divenne, invece un modo per investire Rag anche di questo titolo, ed egli assunse pertanto il comando e la guida della tribù.

All'interno della capanna-medicina ,nel frattempo ingrandita, vennero posti alcuni giacigli sollevati da terra, ricordo del letto aereo dell'astronave e lì venivano portati coloro che avevano bisogno di cure.

Rag, da grande cacciatore, ogni tanto partecipava ad una battuta di caccia usando soprattutto l'arco, poichè una spalla era dolente e non riusciva più a lanciare la zagaglia con forza, ma la fedele Goa lo trattava spesso in quei punti anche a lei ben noti, che alleviano il dolore.

Un giorno durante una battuta di caccia cadde in un crepaccio battendo violentemente il polso e ammaccando il bracciale che da quel momento smise di funzionare.

L'uomo però non aveva dimenticato il suo compito e cominciò ad istruire il suo popolo insegnando quello che aveva imparato.

Le sue figlie, Isha e Var, ormai grandi, erano le sue prime allieve e la sera davanti al fuoco ascoltavano i racconti del padre e della madre e rivivevano con loro ogni momento di quella fantastica esperienza.

Gli altri componenti del villaggio invece, ogni tanto, quando la luna era propizia, si radunavano nella grande capanna ad ascoltare le parole del loro sciamano.

Per ricordarsi tutto e non avendo più il bracciale funzionante,decise di cominciare a disegnare e incidere simboli ovunque potesse ma senza mai togliersi il bracciale da polso e sempre tenendolo avvolto nella pelle di nifa

Nella caverna ai piedi della roccia Rag dipinse quindi con l'ocra rossa delle figure umane diverse dalle solite: non impugnavano armi ma un piccolo bastone che irradiava luce ed erano ferme vicino ad una "cosa "di forma circolare, molto grande.

Nel disegnarla l'uomo aveva provato un tuffo al cuore perchè sapeva che non l'avrebbe mai più rivista e grande era la sofferenza di non riuscire a dipingerla uguale a com'era nella realtà, tuttavia sapeva di dover lasciare una testimonianza.

In un altro angolo nascosto della caverna, incise la pietra, e poi vi dipinse sopra con una pittura bianca, una grande figura di uomo, con le mani rivolte verso il cielo, e, dentro questa figura tante linee con tanti punti: era la copia fedele del disegno che Shabir gli aveva donato e che, in questo modo non sarebbe più andato perso.

Rag si era riproposto di fare questi disegni sulle pareti di altre caverne, anche perchè lo spazio su una sola parete sembrava non bastare mai, così in un'altra caverna aveva dipinto gli altri simboli :i due triangoli sovrapposti e il quadrato, dei quali Shabir non aveva dato particolare spiegazione.

Alcune grosse pietre lisce poste vicino alla caverna si rivelarono utili per incidervi delle figure e su di esse infatti l'uomo incise il racconto della sua vita: accanto al guerriero la figura di una femmina ,Goa in realtà, ricordava il costante ciclo della vita e della fertilità.

Un giorno di freddo intenso il fuoco scoppiettante lo investì con piccole braci incandescenti e gli venne allora l'idea di farsi disegnare da Goa sul corpo le sette linee vitali ,quindi con un ago d'osso si fece incidere i sette punti e su di essi strusciare la polvere nera delle braci, creando un tatuaggio duraturo e una vera e propria mappa.

Il tempo trascorreva lentamente nel neolitico, ma Rag era sempre impegnato a cercare di perfezionare la tecnica degli aghi e anche ad insegnarla ,diventando sempre più conosciuto.

Un giorno, chiamato da un amico dolorante per una vecchia ferita ,avendo dimenticato la piccola sacca contenente gli aghi, per istinto premette sui quei punti interessati e, vedendo con piacere che il dolore diminuiva, decise di usare anche questa tecnica.

Da quel giorno però non abbandonò mai i suoi piccoli strumenti, che lui chiamava Nii conservandoli nella sacchetta legata alla cintura.

Passarono alcuni inverni e un giorno arrivò al loro villaggio uno straniero che barattava delle punte di freccia e un pugnale fatti con un materiale molto duro che a Rag ricordava le pareti dell'astronave.

Lo straniero raccontò quello che il suo popolo aveva scoperto: alcuni sassi si scioglievano col calore del fuoco e quando il fuoco si spegneva i sassi raffreddandosi si indurivano prendendo la forma della roccia su cui erano colati.

Allora avevano scavato nella roccia la sagoma di punte di freccia e di lama di coltello e fatto colare lì dentro i sassi fusi ottenendo oggetti della forma voluta che una volta raffreddati, diventavano molto duri e non si spezzavano come avveniva con la selce.

Rag era molto interessato da questo racconto, sicuramente veritiero perché aveva sotto gli occhi le punte di freccia e chiese allo straniero di mostrargli i sassi che si scioglievano e anche la tecnica usata; in cambio questi avrebbe avuto la sua ospitalità per tutto il tempo desiderato.

Naho, così si chiamava, acconsentì e il giorno dopo i due andarono verso la collina in cerca dei preziosi sassi, che erano ben riconoscibili per una venatura rossa.

Ne trovarono parecchi e li portarono in un posto dove era possibile accendere un fuoco molto grande, circondato da pietre tranne che in un punto, da cui il metallo fuso doveva colare giù in una scanalatura della pietra e da lì in un'altra pietra piatta sottostante.

Su questa doveva essere profondamente inciso il disegno delle punte di freccia, delle lame di coltello e delle punte di zagaglia, e, quando il liquido si fosse raffreddato, queste punte sarebbero state tolte, pronte per l'uso.

Se lavorate entro un tempo breve era poi possibile modificare ancora un po' la loro forma e renderle più taglienti.

Rag incise la pietra anche per creare degli aghi e alla fine, quando, con l'aiuto di Naho ebbe terminato, poteva contare anche sui nuovi aghi, molto più sottili dei precedenti in osso e molto più resistenti.

Tornato al villaggio lo sciamano radunò il popolo nello spiazzo centrale e mostrò quello che aveva potuto fare grazie allo straniero che, da quel momento, avrebbe goduto di tutta la loro ospitalità venendo ricambiato con altre informazioni ugualmente preziose per Naho e la sua gente.

La giornata terminò con un banchetto attorno al fuoco centrale e Rag provò la sensazione che questa scoperta lo avesse avvicinato a Shabir , poiché ora anche lui possedeva la conoscenza del metallo.

Guardando il cielo, ora le stelle gli sembrano davvero più vicine.

Col passare del tempo Rag si rese sempre più conto che il ciclo dell'uomo è strettamente legato a quello della terra e come gli aveva spiegato Shabir capì che alcune malattie possono essere causate dalle stagioni.

"Quando il vento sposta le nubi piene d'acqua e fa piovere sui terreni aridi è benefico ,ma quando soffia troppo forte e sradica le piante crea danno.

Così quando la pioggia bagna la terra è un bene ma quando l'uragano fa uscire l'acqua dal letto del fiume è male perchè tutto si allaga e marcisce.

Quando il sole riscalda la pelle è un bene, ma quando il calore è intenso e non c'è possibilità di ripararsi è un male."

Queste riflessioni diedero a Rag la possibilità di vedere come il corpo di ogni uomo si comporta di fronte a queste situazioni e come viene causata la malattia.

Scoprì che gli aghi, ma non solo, possono essere utili, e cominciò ad usare anche acqua fredda o calda, radici cotte o crude in rapporto alla malattia che doveva curare.

Un giorno gli portarono un guerriero con la pelle del dorso bruciata da un tizzone rovente.

Durante una lotta con un altro uomo a causa di un trofeo di caccia era stato spinto contro il fuoco ardente e si era scottato su gran parte del corpo.

Rag fece adagiare l'uomo su un giaciglio ricoperto di larghe foglie lavate abbondantemente con acqua, poi cosparse il corpo bruciato con abbondante miele ed erbe medicinali; infine mise i piccoli aghi sulle mani, sulle braccia e sulle gambe e ordinò alle donne di stargli accanto aiutandolo a bere.

Decise che il trattamento doveva durare per il tempo di due lune e in questo arco di tempo si doveva medicare giornalmente il ferito.

Rag osservava ogni giorno il malato cambiando di tanto in tanto la posizione dei suoi aghi, togliendoli per un po' poi nuovamente rimettendoli, osservando la lingua dell'uomo, e i suoi occhi e chiedendogli se urinava.

All'ottavo giorno, cominciò a notare dei segni di miglioramento e ordinò alle donne di dargli da mangiare delle radici e dei frutti.

Dopo due settimane l'uomo venne fatto alzare: era debole ma fuori pericolo; la scottatura era guarita e dopo avergli versato sopra dell'acqua per pulirlo, si vedeva solo una vasta zona arrossata e increspata ,dove la pelle nuova era ancora molto sottile ma integra.

Da quel momento avrebbe potuto essere curato sul suo giaciglio e poteva ricominciare a camminare per riprendere le forze.

Questo evento rafforzò il prestigio di Rag tra il suo popolo rendendolo felice ma egli sapeva che molto doveva ancora essere fatto e osservando il cielo, com'era sua abitudine, decise di andare dove erano collocati i grossi massi per guardare la volta celeste secondo le indicazioni di Shabir.

Avrebbe potuto vedere il sorgere del sole e il tramonto, vedere vicino a quale pilastro di pietra brillava la stella indicatagli da Shabir e avrebbe anche potuto stabilire il tempo più adatto per la semina.

L'indomani partì accompagnato da due guerrieri e da una delle figlie lasciando a Goa il compito di sostituirlo nel caso che qualcuno stesse male.

Raggiunto il pianoro salì mettendosi poi con la schiena appoggiata alla grossa pietra rivolta a nord e rivolse lo sguardo all'orizzonte posto tra le due pietre che aveva di fronte; poi si rivolse a destra e a sinistra e guardò la posizione del sole sopra la sua testa .

In questo modo si poteva stabilire l'esatta durata delle ore di luce ;poi tornando a guardare di fronte a sè cercò di stabilire un punto di riferimento all'orizzonte che gli sarebbe servito quella notte per metterlo in relazione con una stella.

Ripeteva a voce alta quello che vedeva perchè quello che eventualmente non fosse riuscito a ricordare doveva rammentarglielo Var, la sua prediletta figlia.

Un albero posto a destra e uno spuntone di roccia sulla sinistra erano i punti di riferimento da usare.

Quella notte le stelle erano molto più numerose del solito; alcune brillavano più delle altre e ad un tratto una luce si mosse attraversando il cielo come un lampo.

Rag subito pensò: è Shabir sull'astronave!!! è tornato! e col cuore in gola corse verso il centro del cerchio di pietra ;ma era solo una stella cadente ,e altre attraversavano veloci l'orizzonte mentre Rag, per la prima volta, sentì il reale dolore per il suo amico lontano.

33

Riprese l'osservazione di mala voglia e, alla fine, accese un piccolo fuoco, mangiò un pezzo di carne essiccata dividendolo con i suoi compagni e si sdraiò sulla pelle di orso addormentandosi subito.

Quella notte i sogni furono molti e rivide Shabir l'astronave, gli aghi di luce.

Lo risvegliò una timida alba dove luci e ombre giocavano tra i megaliti e le figure dei suoi compagni di viaggio.

Ad uno ad uno anche essi si svegliarono e, dopo un breve pasto, decisero di ripartire per il villaggio.

Ad attenderli c'era il capo di una tribù vicina con una merce di scambio molto pregiata: semi di farro che questa tribù coltivava in grande quantità essendo situata in una zona molto fertile vicino al fiume.

Rag sapeva già cosa scambiare: avrebbe insegnato l'uso del calendario di pietra così essi avrebbero potuto seminare al momento giusto seguendo il ciclo di sole e luna come lui già faceva ottenendo un raccolto migliore.

Dopo una sosta di alcuni giorni lo sciamano decise di ripartire con questi uomini, con la strana sensazione che quella sarebbe stata l'ultima volta che avrebbe visto il pianoro, e così una volta arrivato lassù decise di fermarsi a lungo cercando di spiegare al meglio la disposizione delle pietre secondo la posizione delle stelle nella volta celeste.

Tutti lo ascoltavano attentamente, per la sua grande saggezza e per il fascino e mistero del posto.

Durante il viaggio di ritorno Rag si sentiva molto stanco e fu costretto a numerose soste, che stupirono i compagni di viaggio, data la sua fama di uomo forte.

Ma la vita di un uomo del neolitico non era molto lunga.

Rientrarono al villaggio in un pomeriggio inoltrato e lo sciamano decise di mostrare anche i disegni incisi sulle pareti della caverna e sulla pietra ,generando ancor più stupore e ammirazione e, accomiatandosi con la promessa di raccontare per intero la sua esperienza il giorno dopo, entrò quindi nella sua capanna ,salutò Goa e le figlie e si sedette a mangiare .

Fu un pasto breve, perché essendo stanco, si sdraiò sul giaciglio e si addormentò subito.

Il mattino dopo Goa venne svegliata dal richiamo del capotribù che aspettava con impazienza Rag; la donna provò a scuotere il compagno per svegliarlo ma vide subito che il suo corpo era inerte, senza vita e gridando per la disperazione svegliò anche le figlie, che corsero fuori dalla capanna chiedendo aiuto.

Le grida fecero accorrere i guerrieri che, agitati e spaventati, compresero di aver perso la loro guida, disperandosi con Goa e le figlie.

Quello stesso giorno il corpo di Rag, dopo essere stato vegliato da tutta la tribù con canti rituali, venne portato nella caverna e deposto in una fossa rivestita da lastre di pietra scavata contro la parete di fondo.

Accanto a lui vennero messe le sue armi e il piccolo sacchetto contenente gli aghi di metallo fu lasciato appeso alla cintura.

Goa depose nella tomba anche un piccolo vaso contenente delle erbe medicamentose e una collana di denti d'orso lasciandogli al polso il bracciale di metallo donato da Shabir avvolto nella pelle di nifa poi la fossa venne chiusa con grosse lastre di pietra.

"I popoli non devono stare sempre fermi in un solo posto -diceva Rag-i popoli si possono spostare anche molto lontano dal luogo di origine, come hanno fatto gli stranieri venuti dal cielo, perchè quando un territorio di caccia non consente più di trovare cibo, si deve abbandonarlo."

Noi siamo in grado di spostarci dappertutto: possiamo attraversare i fiumi e le piccole acque e un giorno riusciremo anche ad attraversare le grandi acque; l'importante è stare uniti e ricordare gli insegnamenti.

Alcune tribù amiche hanno scambiato con noi semi preziosi che possiamo piantare seguendo le leggi–calendario perciò possiamo vivere ovunque."

Questo aveva detto un tempo al suo popolo Rag il grande sciamano.

Nella pianura il vento soffiava forte e gli uomini erano indaffarati a radunare il gregge di pecore e capre, mentre le loro donne riunite intorno ad un fuoco, raschiavano le pelli e bucavano con la lesina i mocassini per mettere i lacci .

Il tempo scorreva sempre uguale e poche erano le novità tra queste genti dedite alla pastorizia e all' agricoltura.

Provenienti da regioni lontane, poste ad est, da molti anni queste genti si erano insediate in questa fertile pianura delimitata a nord dalle montagne che la proteggevano durante l'inverno e consentivano di coltivare farro e orzo.

I boschi, ricchi di frutta selvatica, nocciole, lamponi, fragole, more e susine, garantivano una dieta ricca alla popolazione, che si nutriva anche di selvaggina e, quando qualche orso metteva in pericolo le greggi e le persone, lo spirito guerriero si metteva subito in evidenza ed essi organizzavano una battuta di caccia per eliminarlo.

Per il resto questa gente viveva tranquilla portando con sè un retaggio di conoscenza con radici lontane e la gente dei villaggi vicini ricorreva alle loro conoscenze per guarire alcune malattie che venivano curate con una strana tecnica, infiggendo sottili aghi di metallo nel corpo.

Alcuni di loro, poi vantavano una discendenza particolare e si contraddistinguevano perchè portavano tatuati sul corpo dei punti usati come mappa di riferimento quando dovevano curare un malato.

Gli appartenenti a questo gruppo facevano tutti parte della stessa famiglia, di origini antiche, e discendevano dalle figlie del grande sciamano, Rag, che aveva imparato da genti con una grande conoscenza.

Tra tutti loro si distingueva Than.

Costui era un grande cacciatore e, come i suoi parenti portava tatuati sul corpo i punti più importanti ma anche le sette linee dei punti maestri che racchiudono il segreto della vita; inoltre conservava gelosamente in un angolo della sua capanna una pelle assai preziosa dipinta con segni magici.

Than amava la libertà e la caccia e spesso, affrontava da solo il freddo della montagna attraversando il passo che portava in un'altra terra, dove si parlava una lingua diversa e più dura della sua.

Lì anche le femmine erano più difficili da conquistare e i cacciatori che ritornavano dopo una lunga assenza non sempre erano accolti con entusiasmo e non sempre trovavano nel loro giaciglio una femmina che li scaldasse.

Lo sapeva bene Than, e per questo preferiva la pianura, col grande fiume che scorreva più a valle, e dove spesso si spostava.

Nella tribù situata ai piedi delle montagne c'era Hita, la figlia dello sciamano, che gli piaceva molto, ed era là infatti che trascorreva la maggior parte del suo tempo anche perchè il capo del villaggio gli aveva permesso di costruirsi una capanna.

Del resto la presenza di un cacciatore –guerriero faceva sempre comodo.

Hita aveva i fianchi larghi e le mammelle grosse e sarebbe stata sicuramente in grado di mettere al mondo figli, ma il padre, lo sciamano, che non vedeva di buon occhio il cacciatore per le strane conoscenze mediche ,sicuramente più efficaci delle sue, aveva deciso che la figlia doveva accoppiarsi con Moc, un guerriero che una volta aveva salvato la tribù da una aggressione nemica.

Per questo tra Than e Moc non correva buon sangue.

Than tuttavia aveva ereditato dal suo avo anche la saggezza e cercava sempre di evitare uno scontro diretto con il rivale.

Un giorno, in seguito ad una battuta di caccia molto fruttuosa, Than decise di donare a Hita una preziosa pelle di lince perchè potesse ricavarne dei caldi gambali.

La contentezza della femmina contrastava con la rabbia di Moc, che considerandola ormai sua, aggredì con violenza improvvisa Than ferendolo alla testa e il guerriero cadde a terra svenuto.

Si risvegliò nella capanna dello sciamano, vicino ad un fuoco scoppiettante.

Accanto a lui Hita lo guardava intensamente e gli tamponava la ferita con un impiastro di erbe.

Lo sciamano, entrando con lo sguardo irato gli ordinò di andarsene appena possibile poichè la sua presenza non era gradita e a nulla servì il tentativo di Hita per fargli cambiare idea.

Dopo un poco, sentendosi meglio, Than si alzò andando nella sua capanna; accese il fuoco e, usando i suoi aghi cercò di lenire il dolore alla testa, poi, si sdraiò sul giaciglio ricoperto di pelle d'orso e si addormentò nuovamente.

Si svegliò perchè il fuoco si era spento e l'inverno alle porte si stava facendo sentire col primo freddo pungente.

Nel villaggio, scarsamente illuminato da una timida luna crescente, il silenzio era rotto solo dal latrato di un cane che rispondeva ad un lupo affamato ululante fuori dal villaggio.

Ad un tratto Than sentì un rumore fuori dalla capanna e vide la figura di Hita stagliarsi all'ingresso: la femmina aveva i capelli sciolti sulle spalle e il respiro affrettato; con un gesto lasciò cadere gli indumenti e si sdraiò accanto a Than, sotto la pelle d'orso.

Per la prima volta, dopo tanto tempo, quest'uomo si trovava accanto una femmina e con impeto la fece sua.

Quella notte trascorse dimenticando completamente le recenti ostilità e Moc sopra tutti; ma era tardi e un sonno ristoratore li prese, stanchi e appagati.

Vennero svegliati di soprassalto dalle grida dello sciamano, che, entrato nella capanna, aggredì Than con un pugnale per non aver rispettato il suo volere.

I due ingaggiarono una breve lotta e alla fine il cacciatore ebbe il sopravvento e riuscì a disarmare l'avversario.

Il padre di Hita uscì furioso dalla capanna ma Than lo raggiunse e cercò di calmarlo con la promessa di insegnargli tutto ciò che sapeva.

A queste parole lo sciamano, intravedendo la possibilità di riguadagnarsi il rispetto e il prestigio perso, accettò la proposta e i due si lasciarono come vecchi amici.

Negli anni in cui era in vita Rag aveva dedicato poco tempo a guardare il cielo nel cerchio delle pietre-calendario, ma sua figlia Var, la prediletta, sin da quando lo aveva accompagnato la prima volta sul pianoro era rimasta affascinata dal cielo stellato, e dalle spiegazioni di suo padre.

Da allora era andata spesso tra i megaliti a scrutare la volta celeste per comprendere i movimenti delle stelle.

Era proprio dalla sua progenie che discendeva Than, che, oltre alla passione per i suoi sottili aghi, coltivava anche quella per i movimenti degli astri.

Than aveva imparato molto da ragazzo, guardando suo padre compiere la cerimonia del solstizio d'estate e sapeva che quello era il giorno più lungo dell'anno.

Suo padre poi gli aveva anche detto che questa sapienza era stata tramandata dai tempi antichi, frutto di un legame con uomini delle stelle.

Con Hita accanto, senza più suo padre come ostacolo, Than decise che era arrivato il momento di istruire anche questa tribù ,per portare avanti l'antica tradizione e al tempo stesso mantenere la promessa fatta al capo.

Sull'esempio del suo avo scelse un largo pianoro e vi fece scavare con picconi di corna di cervo, alcune buche disposte circolarmente poi dentro di esse fece piantare dei grossi pali.

Questi vennero disposti secondo uno schema particolare: prima furono messi i due corrispondenti al punto dove il sole sorge e tramonta, poi altri due pali vennero messi in diagonale, alla stessa distanza, in modo da formare un quadrato.

Nei giorni e nei mesi che seguirono, seguendo le fasi del sole e della luna, venne costruito un cerchio in tutto simile a quello delle pietre-calendario che il suo avo aveva visto realizzare in un solo giorno.

Ora era pronto per guidare il suo popolo.

Hita, dal canto suo, vedeva con orgoglio che il rispetto e la venerazione per il suo uomo aumentavano da parte di tutti tranne che da parte di Moc, il quale, furioso per averla persa, ed essere stato dimenticato dalla sua gente, una mattina se ne andò dal villaggio giurando di vendicarsi di Than.

Hita lo guardò andarsene con sollievo e anche con un po' di timore, poiché conosceva la sua ferocia, ma contando sull'appoggio del padre e di tutta la sua gente, ben presto si dimenticò dell'accaduto.

Nel villaggio Than riceveva frequenti visite da parte dei fratelli e dei guerrieri della sua tribù, con cui venivano scambiate informazioni e conoscenze e che davano una mano a ultimare la costruzione del cerchio, ora utilizzabile per i rituali celesti presieduti dallo sciamano.

Recandosi spesso all'osservatorio Than veniva sempre più affascinato dagli astri ma era la luna, soprattutto, l'oggetto del suo interesse, poichè osservandola costantemente aveva compreso il suo influsso continuo sulla vita dei cacciatori-raccoglitori e agricoltori in base a quando essa sorgeva o tramontava, a quando era rotonda o a forma di falce .

Il sacchetto appeso alla cintura, contenente gli aghi, però, gli ricordava sempre le sue origini di guaritore e comunque le occasioni per aiutare la gente del villaggio non mancavano: alcune volte erano i piccoli ad avere bisogno di lui, altre volte i cacciatori adulti con ferite o traumi, ma la sua presenza era comunque sempre richiesta.

Al termine di una stagione difficile, siccitosa, nel villaggio scoppiò una epidemia: la gente aveva febbre elevata e dissenteria e la situazione si fece in poco tempo drammatica.

Than uscì dal villaggio con lo sciamano in cerca di erbe medicinali e poichè alcune varietà si trovavano solo in posti lontani, rimase assente per alcuni giorni.

Al ritorno la situazione era molto peggiorata, e la nascita del figlio, avvenuta durante la sua assenza, non bastava a confortarlo, anche perchè il piccolo stesso correva un serio pericolo di ammalarsi.

Decise così di far uscire dal villaggio le persone ancora sane portandole sul pianoro dei rituali celesti dove fece costruire in tutta fretta delle capanne poste su pali di legno con pelli di animali come copertura ben distanziate le une dalle altre.

Than rimase nel villaggio con lo sciamano a preparare le medicine facendo bollire le erbe in un recipiente di metallo per poi somministrare la pozione ai malati.

Contemporaneamente intingeva i suoi aghi nel liquido e curava ad una ad una le persone malate, mantenendo gli aghi infissi per un po' di tempo ad ogni persona.

Lo sciamano con un gruppo di uomini lo aiutava radunando a gruppi le persone malate dentro le capanne per poterle curare meglio.

Il giorno dopo Than ripetè il trattamento con gli aghi e il giorno successivo ancora e all'inizio del terzo giorno cominciò a vedere dei risultati: alcuni malati stavano meglio e non avevano più dissenteria, per altri che invece già stavano molto male all'inizio delle cure, ora non c'era più niente da fare.

Non appena qualcuno stava meglio Than lo faceva spostare in un'altra capanna, su un nuovo giaciglio e in questo modo veniva affrettata la guarigione.

Questo metodo lo aveva appreso da suo padre, che a sua volta lo attribuiva all'insegnamento degli stranieri venuti dalle stelle.

Seguendo il suo istinto Than decise inoltre di bruciare i corpi di coloro che non erano sopravvissuti all'epidemia e ordinò che tutto venisse fatto seguendo il rituale del solstizio d'estate.

Il tutto era reso più facile anche dal fatto che i corpi erano adagiati sulle palafitte.

Dopo il ciclo di una intera luna finalmente l'epidemia venne debellata.

Nel tempo che seguì il villaggio mostrò tutti i segni della devastazione e Than fu molto impegnato a curare la sua gente, con l'aiuto di alcuni sapienti della tribù di origine.

A poco a poco la vita ritornò alla normalità, ma il saggio cacciatore, ormai diventato un vero e proprio uomo-medicina, decise di trovare un modo per affrontare eventuali epidemie future e trovò una soluzione molto semplice.

Poichè le piante medicinali usate per curare i malati si trovavano in un luogo lontano e la loro raccolta comportava diversi giorni di assenza, radunò un gruppo di donne e guerrieri, con i quali, giunto sul posto, raccolse un'abbondante quantità di queste erbe e anche alcune varietà di piante con le loro radici e la terra d'origine avvolgendo il tutto in un fagotto di pelle.

Tornati al villaggio, gran parte delle foglie venne messa ad essiccare e le piante vennero interrate per garantirne la duratura disponibilità.

Questa era sicuramente la prima volta che veniva attuato un tale lavoro, ma Than era molto intelligente e non si fermò qui: in un recipiente metallico fece bollire alcune erbe fino a far evaporare quasi tutta l'acqua.

Il liquido denso e nerastro ottenuto venne raccolto in un contenitore ricavato da mezzo guscio di un frutto simile ad una grossa noce che venne chiuso sovrapponendo l'altra metà e tenendolo fermo con l'avvolgimento di una sottile liana.

Il recipiente venne poi riposto in un angolo dentro un sacchetto di pelle, pronto per essere usato intingendovi gli aghi prima di infiggerli nei punti prescelti.

Than eseguiva queste operazioni sotto lo sguardo attento e orgoglioso di Hita, che ormai era sempre al suo fianco e lo accompagnava anche quando si allontanava dal villaggio, attraversando il passo per andare dai suoi amici dall'altra parte della montagna, coloro che parlavano la dura lingua simile al grugnito degli orsi.

In quei territori Than portava Hita e il piccolo Nabo perchè voleva che incontrassero altre genti e, dato che la sua bravura era ormai nota, quando veniva avvistato in lontananza gli abitanti del villaggio gli andavano incontro festosi.

Era una tribù di gente fiera, abituata a lottare con gli orsi che popolavano quei territori, ma Than portava solo amicizia e saggezza, perciò non gli venivano mai negati cibo e ospitalità.

Quando poi arrivava coi suoi cacciatori per scambiare le merci, farro e noci con pelli conciate e carne d'orso essiccata, molto nutriente, si fermava anche a curare chi ne aveva bisogno, sotto lo sguardo curioso di bambini e adulti.

Ogni tanto un bambino lo toccava sulla gamba o sulla schiena, dove spiccavano i suoi tatuaggi e lo fissava per capire; allora sedendosi, e facendo ampi gesti con le mani Than raccontava che in un tempo antico un suo antenato aveva incontrato degli esseri molto sapienti venuti dal cielo.

Altri si avvicinavano e ascoltavano la storia come soltanto i bambini sanno fare, guardando in alto per scorgere qualcosa poi correvano via ridendo, imitando con le mani il volo degli uccelli e ritornando ai loro giochi, si rincorrevano e saltavano e lottavano tra loro per prepararsi a diventare dei coraggiosi guerrieri-cacciatori.

Than era ormai abituato a tutto questo e tranquillamente seduto, li osservava, mentre giocavano con suo figlio, lasciando correre i pensieri.

Una mattina, uscendo dalla capanna, osservò il cielo, un po' più grigio del solito, presagio dell'inverno imminente, e voltandosi verso Hita, la svegliò invitandola a raccogliere le sue cose per partire in viaggio: la meta era la tribù al di là della montagna.

In poco tempo la compagna, abituata agli spostamenti, svegliò il figlioletto, preparò un poco di cibo e acqua e, dopo aver arrotolato le pelli per il giaciglio e dopo che ebbero indossato entrambi indumenti adatti al freddo prese un lungo bastone per la camminata e diede la mano al figlio.

Dal canto suo Than fece lo stesso, coprendosi adeguatamente, senza dimenticare le armi, perchè in montagna avrebbero potuto fare brutti incontri; alle spalle mise uno zaino di giunco con riposte le provviste.

Ora li aspettavano due giorni di cammino spedito prima di arrivare al passo, ma una volta arrivati ,la discesa dall'altra parte sarebbe stata molto più facile.

A metà giornata erano già arrivati a mezza costa e Than individuò un posto protetto dove fermarsi a riposare e a mangiare qualcosa.

Il cielo sempre più cupo non prometteva bene e in lontananza si sentiva un brontolìo che preannunciava un cambiamento repentino del clima, per cui dopo un pasto frugale i tre ripresero il cammino: Than sapeva bene che non dovevano essere sorpresi da una bufera di neve all'aperto e conosceva un punto in cui un anfratto di roccia abbastanza profondo era in grado di dar loro sufficiente protezione, così accelerò il passo mettendosi a spalle anche il figlio.

Dopo alcune ore, molto rallentati dal vento che aveva iniziato a soffiare, arrivarono in vista del riparo e l'uomo fece scendere Nabo dalle spalle, poi depose lo zaino, aiutò Hita, anch'essa molto affaticata, a liberarsi dei suoi pesi e infine si lasciò andare stanco sdraiandosi a terra.

Dopo alcuni minuti accesero con difficoltà un piccolo fuoco, si ricoprirono con le pelli tenendosi stretti tra loro e, poichè nel frattempo era scesa l'oscurità si lasciarono andare ad un sonno ristoratore.

Than si svegliò improvvisamente dopo alcune ore con la sensazione di pericolo: il vento era cessato e il chiarore lunare consentiva una buona visibilità.

Con cautela il cacciatore uscì dal suo riparo aguzzando lo sguardo alla ricerca di una minaccia, ma tutto intorno sembrava regnare la calma e si vedevano soltanto i cristalli di gelo sulle rocce circostanti.

43

Più in basso un abete solitario si stagliava contro il cielo, unico punto di riferimento in quel tratto di salita; dietro a questo una timida luce sembrava indicare l'arrivo di una nuova alba.

Nulla! Non si intravedeva nulla di sospetto; eppure l'istinto di cacciatore non l'aveva mai tradito e Than esitava ad alzarsi in piedi.

Arretrando verso l'anfratto spense come poteva le ultime braci ardenti, poi svegliò Hita e Nabo indicando di non far rumore e facendo loro segno di raccogliere tutte le cose, ed uscì nuovamente allo scoperto strisciando con l'arco in pugno e una freccia pronta.

Il cuore gli battè forte quando intravide, seppur lontane, le figure di alcuni uomini, intenti a seguire le loro tracce: tra di essi spiccava una atletica figura che riconobbe subito: Moc.

Ancora però non erano stati scoperti e avevano almeno un'ora di vantaggio, per cui aiutò in fretta Hita a caricarsi sulle spalle il piccolo bagaglio, le diede in custodia la pelle dipinta da cui non si separava mai e lasciando avanti a sè la compagna e il figlio li aiutò spingendoli dal basso per agevolarne la salita.

Intanto le luci del giorno erano ormai arrivate e urla improvvise fecero capire a Than che erano stati scoperti, ma per fortuna gli inseguitori erano ancora distanti, e malgrado Moc sembrasse inferocito e, per questo, più veloce degli altri, essi avevano ancora un buon margine di vantaggio.

A metà giornata la distanza tra loro e gli inseguitori si era ridotta ma in alto si cominciava a intravedere il passo e il cacciatore era fiducioso di riuscire a raggiungerlo prima del buio; nel frattempo avrebbe cercato di trattenere il più possibile Moc lanciando su di lui sassi e frecce consentendo alla sua compagna di scappare e portare in salvo il piccolo dall'altra parte della montagna, dove poi li avrebbe raggiunti .

Bastò poco a Hita per capire e, stringendo forte la mano di Nabo lei e il figlio salutarono Than con angoscia e paura nel cuore.

Purtroppo per lui, però non c'era tempo da perdere e voltando le spalle ai due che salivano cominciò a scagliare sassi a valle sperando di colpire qualcuno ma senza risultato; scagliò due, tre frecce ,sentì un grido e vide un corpo precipitare nel vuoto, ma non volendo sprecarle, desistette e ricominciò a salire verso la cima.

Guardando in alto vide con sollievo che le figure di Hita e Nabo erano ormai due puntini molto vicini al passo, praticamente in salvo, e questo lo galvanizzò, ma in un momento di distrazione mise un piede in fallo scivolando bruscamente e battendo la testa per terra.

Si rialzò un poco intontito continuando ad avanzare, anche se la ferita alla testa cominciava a pulsare causandogli dolore, riposando solo poco tempo per cercare di aumentare la distanza dagli inseguitori e raggiungere Hita e il piccolo.

Ormai stava camminando da parecchie ore e la stanchezza, aumentata dalla paura, cominciava a farsi sentire, insieme alle grida degli inseguitori, più in basso; aveva già raggiunto la zona innevata e il giaccone di pelle di capra ricoperto dalla mantellina di paglia e giunchi intrecciati e il copricapo in pelle d'orso, sembravano non bastare a proteggerlo dal freddo pungente.

Avanzare nella neve adesso era sempre più difficile e il fiato era corto, ma per essere al sicuro Than doveva riuscire ad attraversare il passo prima del buio.

Ancora sentiva dietro di sè, portate dal vento, le grida degli inseguitori.

Mentre camminava era tormentato dal pensiero di non vedere più la compagna e Nabo e dal timore di non riuscire a tramandargli il segreto tatuato sul suo corpo, i sette punti della vita, come suo padre aveva fatto con lui.

Venne riportato alla realtà da un grido molto vicino: non si era reso conto che i suoi nemici si fossero avvicinati così tanto.

Il sibilo di una freccia lo colse di sorpresa: fece per schivarla ma era troppo stanco e venne colpito alla scapola proprio quando era arrivato in cima cadendo in un crepaccio.

Dietro di lui le grida si facevano sempre più vicine, poi sentì un ansimare profondo, seguito dal silenzio e dal rumore di neve calpestata, infine ancora silenzio ad indicare che il suo inseguitore, pensando di averlo ferito a morte, era tornato indietro senza soffermarsi a cercarlo per il timore del buio imminente.

Than accennò a muoversi, ma il dolore al dorso era molto forte e svenne.

Si svegliò dopo molto tempo; il freddo era intenso e il suo corpo era quasi interamente coperto dalla neve che, nel frattempo, era scesa abbondantemente; cercò di alzarsi senza riuscirci, stremato dal freddo e dal sangue perso, e si rese conto che per lui era finita, in cima a quella montagna, portando con sè il segreto dei suoi tatuaggi.

Dall'altra parte della montagna Hita, dopo aver dato in custodia il figlio al capotribù, era tornata sui suoi passi per andare incontro a Than.

45

Il freddo era pungente e la visibilità scarsa, ma l'ansia di sapere cosa fosse successo e di vedere il compagno era superiore a tutto e Hita continuava ad arrancare, fermandosi ogni tanto a prendere fiato e in quelle brevi pause alzava lo sguardo per cercare invano di intravedere la figura di Than.

Dopo un po' di tempo, stremata dalla fatica, si fermò decidendo di aspettare in quel posto abbastanza protetto dalle intemperie.

Accovacciata contro una parete di roccia, col capo coperto da una pelle d'orso, aspettava, infreddolita, sperando sempre di vedere la figura del suo uomo sbucare all'improvviso.

Dopo alcune ore il freddo divenne insopportabile e Hita, affranta, decise di tornare da suo figlio.

L'oscurita' rendeva molto difficoltosa la discesa, ma fortunatamente scorse più a valle le torce di due uomini mandati a cercarla.

Si fermò aspettando il loro arrivo, poi, senza una parola, li seguì fino al villaggio.

Nei giorni successivi, perduta ormai ogni speranza di rivedere vivo Than, la donna si rassegnò a passare l'inverno nel villaggio, dove il capo le aveva garantito ospitalità illimitata.

Hita aveva acconsentito, anche perchè doveva portare a termine il compito affidatole da Than negli ultimi istanti: fare in modo che i segni dipinti sulla pelle arrotolata, venissero custoditi e poi tramandati al figlio una volta adulto.

Quell'inverno trascorse lentamente e a Hita, che voleva almeno ritrovare il corpo del suo compagno, sembrò ancora più lungo e più freddo.

All'arrivo del disgelo chiese al capotribù di essere accompagnata nella ricerca e una mattina partì con due guerrieri rifacendo il percorso dell'anno precedente.

Malgrado le continue soste, però, il corpo di Than non venne trovato, anche a causa dell'abbondante neve scesa durante l'inverno e ancora presente e, dopo due giorni ,i guerrieri decisero di tornare al loro villaggio.

Con l'arrivo dell'estate, finalmente, accompagnata da una decina di guerrieri, la donna partì col figlio per ritornare nella sua tribù.

Ogni tanto, durante il viaggio, girava intorno lo sguardo non convinto per cercare in un anfratto un segno della presenza di Than, ma senza risultato.

Arrivati al posto dove avevano bivaccato prima di essere aggrediti, guardò ancora con un tuffo al cuore, con l'ultimo barlume di speranza, ma non vide nulla.

Continuarono la discesa verso il suo villaggio e lì vennero accolti dal padre di Hita che, dopo aver ascoltato il racconto della figlia, le riferì a sua volta della morte di Moc, da loro ucciso per aver aggredito una femmina, portando con sè il segreto della fine di Than.

A quel punto la donna rivelò a suo padre che il compagno le aveva affidato una preziosa pelle lavorata con dei segni dipinti sopra, raccomandandole di custodirla con cura e di darla poi al figlio.

Lo sciamano svolse il rotolo di pelle guardando i segni senza capirne il significato, poi la arrotolò nuovamente restituendola alla figlia.

Trascorsi alcuni anni da questi eventi Hita mantenne la promessa fatta a Than e quando Nabo fu in grado di capire gli raccontò la storia del padre e dei suoi avi, così come le era stata raccontata dal fedele compagno, ricevendo a sua volta dal figlio, la promessa di mantenere viva l'antica leggenda e così fu: i figli tramandarono quello che avevano appreso dai padri e quello che avevano imparato dalla loro stessa esperienza col risultato di favorire e divulgare notevolmente la conoscenza e di dare un senso alla storia dell'uomo.

Nell'arco dei secoli i simboli rappresentati nel quadrato a volte sono stati dimenticati e sono poi riapparsi magari scambiati come un gioco o sono stati semplicemente ignorati e questo è avvenuto in epoche diverse, in regioni della terra anche molto distanti tra loro e nei modi più disparati: sulle pareti di una caverna o incisi su un medaglione o dipinti su una pergamena, conservando inalterato fascino e mistero.

Questa è la storia di alcune delle volte che essi sono stati individuati ridiventando oggetto di curiosità e di studio fino ad arrivare là dove...tutto comincia!

∧∧

Capitolo 5

Cina,2201 a.c. , ciclo della tartaruga: durante la preparazione dei festeggiamenti per l'arrivo del nuovo anno nella capitale dell'impero l'imperatore Yu il Grande(2205-2197 a.c.),discendente di Rag, prima di lasciare il trono al figlio Qin decideva di celebrare gli antichi doni fatti ai suoi avi dalla tartaruga con un'ordinanza per aiutare il suo popolo in un periodo di carestia.

Questa ordinanza avrebbe reso operanti alcune leggi per facilitare la vita alle numerose famiglie povere a cui sarebbe stato consegnato" ogni mese un cartoccio di riso sufficiente per quattro persone, da raddoppiare se le persone saranno di più".

"Esse inoltre non dovranno pagare alcuna tassa all'imperatore".

"Questo, nell'anno della tartaruga, è il dono che Yu fa al suo popolo."

Per realizzare il progetto " I nostri emissari viaggeranno fino ai confini dell'impero su carri scortati dai soldati, pieni di sacchi di riso e li distribuiranno secondo quanto i loro occhi potranno verificare"

Con questo editto i banditori viaggiarono per il regno precedendo i soldati incaricati di distribuire il prezioso alimento.

Consapevole però della difficoltà dell'impresa, data la vastità dell'impero che raggiungeva i confini della terra, Yu chiamò il suo saggio consigliere, e gli confidò di volerla realizzare il più velocemente possibile ma anche nel modo più razionale e in accordo con le leggi del Tao. Quindi, guardando la mappa delle sue terre decise di metterla in atto suddividendo l'impero proprio come era disposta la sua residenza che già allora era posta al centro dell'impero stesso.

In questo modo sarebbe stato facilitato il controllo delle varie province ed i loro governatori avrebbero potuto rendere conto del loro operato.

In seguito l'imperatore, pensieroso, preso in disparte il saggio, iniziò con lui un dialogo di altra natura.

Immaginiamo che il colloquio, in realtà un regale monologo, possa essersi svolto così: "Tu sai che gli imperatori che discendono da Rag conoscono bene i simboli sacri; in ogni epoca un re o un imperatore con l'aiuto di un saggio ha aggiunto un tassello all'interpretazione di quei misteri che spiegano i segreti dell'universo portati dalla tartaruga venuta dal cielo.

In realtà solo i diretti discendenti della stirpe sanno che essa è una nave venuta da un altro pianeta guidata da esseri sapienti simili a noi.

Così come la tartaruga è messa tra la parte superiore del suo guscio, rotonda, e la parte sotto, piatta e quadrata, anche l'uomo vive tra la terra, posta sotto i suoi piedi, e il cielo.

Ecco perchè la dimora dell'imperatore ,il Ming –Tang è stata costruita di forma arrotondata con la base di forma quadrata e composta di nove stanze, secondo il disegno portato dalla tartaruga,per ricordare l'antico evento.

Il Ming-Tang quindi ha 12 aperture all'esterno, tre per lato, che la saggezza dell'imperatore ha fatto coincidere con i 12 mesi: i 3 mesi primaverili a est; i 3 estivi a sud; i 3 autunnali a ovest e i 3 invernali a nord.

Durante l'anno all'imperatore spetta di camminare nel Ming-Tang secondo la direzione del sole, fermandosi davanti alle aperture corrispondenti alla relativa stagione per emettere da lì le sue sentenze attinenti ad ogni mese in questione.

Al termine ritorna al centro e individua il punto di mezzo dell'anno.

Questo deve avvenire anche quando l'imperatore visita le province dell'impero, che quindi verrà suddiviso esattamente come la mia casa.

I numeri che contraddistinguono le stagioni, la forma della casa e la sua suddivisione sono stati scelti dunque per ricordare il sacro simbolo ma, anche se noi lo teniamo presente nella vita di ogni giorno, qual' è alla fine il significato del quadrato con i segni al suo interno che le generazioni si sono tramandate, copiandolo con cura?"

Il saggio chiese al suo imperatore il tempo di una luna per potergli dare una risposta e ,quando fu pronto, gli mostrò quello che aveva scoperto: dopo vari tentativi di interpretazione l'unica che aveva un senso era la somma dei punti disposti orizzontalmente nella parte centrale del quadrato.

"Il risultato è 15, per cui, dopo una fortunata intuizione, ho scoperto che ,se diamo ai simboli(simili ai nostri numeri arabi 9-8-6)un valore numerico, l'unico valore possibile corrisponde appunto ai numeri in questione,cioe':9-8-6.

La cosa strabiliante, però, è che, in questo modo, la somma di tutti i numeri e dei punti, in orizzontale, in diagonale e in verticale, dà sempre 15. Perciò io ritengo che siano tutti numeri, anche se non capisco perché tre di essi siano scritti in modo diverso

Può questo essere soltanto un gioco inventato per far lavorare la mente o si nasconde qualcosa dentro i numeri?

E ancora: può un antico sapiente venuto da un altro pianeta aver imbrogliato fino a questo punto consegnando il simbolo ad un uomo che neppure conosceva il simbolo geometrico?

Sicuramente no!

Quindi io non so dirvi mio signore quale può essere il significato nascosto"

Incapace di andare oltre nella risoluzione dell'enigma, il consigliere suggerì all'imperatore di bandire un concorso tra tutti i sapienti del regno: colui che fosse riuscito a risolverlo avrebbe vissuto per sempre a corte come un principe.

L'imperatore acconsentì di buon grado e mandò i suoi banditori fino ai confini dell'impero con la regale promessa.

Nel giro di sei mesi, nel periodo dei fuochi del cielo, arrivarono i partecipanti al concorso, che vennero radunati nella sala centrale del ming-tang, dove ebbe inizio, in un silenzio assoluto, la gara per risolvere il mistero del quadrato magico.

Era una gara senza limiti di tempo ma nell'arco di una settimana tutti i concorrenti si erano ritirano sconsolati.

L'ultimo a cedere, Qi-Pa, emise una sentenza che risuonava tristemente: "Questo enigma è stato creato da una mente superiore, e forse è l'essenza stessa del Tao; se così fosse non è concesso ad un uomo di poterlo risolvere.

Ma se esiste un uomo che porta in sè tutta la conoscenza del Tao quest'uomo lo risolverà".

Rimasto solo l'imperatore si avvicinò ad una scrivania e mettendo le dita in un incavo fece scattare una molla che apriva un vano segreto.

Dentro, arrotolata, c'era una antica pergamena; fece per srotolarla ma si trattenne e richiuse il tutto con un sospiro: da uomo saggio aveva compreso che il momento di sapere non era ancora arrivato; per il momento doveva accontentarsi di quel poco che il suo saggio consigliere era riuscito a comprendere, ma nella mente coltivava un comunque un pensiero: "L'energia degli aghi è sicuramente in relazione con quei numeri."

"Energia ed equilibrio, energia e unità, lo Inn e lo Yang che gli aghi riescono a muovere per ricreare l'equilibrio, il tao, l'unità."

51

Yu sentiva che la strada da seguire per trovare la soluzione consisteva nel comprendere meglio il valore di questi principii, che sono al tempo stesso un punto di partenza e un punto di arrivo e sono inscindibili ma purtroppo il suo tempo terreno finì prima che potesse scoprire di più.
Vedi fig.

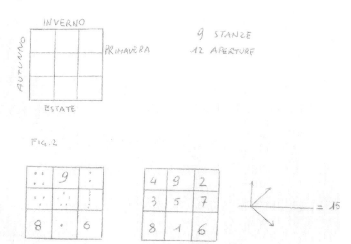

52

Capitolo 6

Egitto:1400 a.c.

Appena fuori Tebe la tomba del faraone Menkaura era ormai quasi ultimata.

Il faraone riposava ormai mummificato nel suo sarcofago e i vasi canopici con i suoi intestini erano già stati sigillati; vicino era stata deposta la barca di Ra con i doni che il defunto portava con sè.

Ad uno ad uno i sacerdoti uscirono lasciandosi dietro una tenue scia di profumi di incensi poi l'ultimo di essi chiuse la porta dorata e l'intera processione uscì all'aperto.

Per volere del faraone nessuno di coloro che avevano partecipato alla costruzione della tomba doveva rimanere in vita pertanto le guardie reali attendevano che i lavori fossero ultimati prima di eseguire quest'ordine.

Gli schiavi che avevano partecipato alla costruzione riposavano sfiniti prima di affrontare l'ultima fatica che consisteva nel riempire gli stretti cunicoli fino alla camera mortuaria con detriti e per ultimo cementando la porta principale d'ingresso prima di riempirla con altri detriti.

I poveretti non sapevano che purtroppo la loro fine era segnata perchè nessuno, neppure l'architetto costruttore Merurak, nè suo figlio, il bravo Gahiji potevano rimanere in vita conoscendo i segreti della tomba.

Merurak, però, consapevole di quello che a breve lo aspettava, chiamò a sè il figlio Gahiji: "Tra una luna verremo tutti uccisi e la camera del faraone verrà murata, ma prima di allora tu dovrai portare in salvo questo amuleto.

Esso è prezioso non per l'oro di cui è fatto ma per quello che rappresenta.

Ci è stato tramandato da generazioni e viene da terre lontane.

Noi veniamo da terre lontane.

Quando il faraone lo vide per la prima volta mi chiese che cosa rappresentava e io gli risposi che era un simbolo di conoscenza di un popolo lontano, o forse solo il disegno di un creatore di gioielli, uno senza fantasia, perchè è poca cosa rispetto a quello che realizzano i nostri abili incisori, ma in realtà, anche se non so che cosa rappresenta io so che deve essere tramandato ai nostri figli fino a quando qualcuno non comprenderà questi segni: allora il segreto dovrà essere divulgato.

Ora va figlio; esci questa notte stessa da Tebe e dimentica il nome di Merurak: da domani tu sarai Msrah, figlio di Abubakar."

Dopo aver salutato il padre con l'angoscia nel cuore Gahiji si allontanò e cercando di evitare la via principale, arrivò a casa sua ,raccolse in fretta un poco di cibo ed uscì diretto verso le porte della città.

Vi era quasi arrivato quando incrociò un drappello di guardie reali che scortavano la lettiga della regina e si nascose dietro l'angolo di una casa.

Quando tutti furono passati si diresse con passo veloce verso le porte ,che alcuni guerrieri stavano per chiudere essendo ormai l'imbrunire, ma con la scusa di andare incontro ad una carovana di mercanti ferma nella vicina oasi, riuscì finalmente ad abbandonare la città.

Fuori dalle mura affrettò nuovamente il passo per riuscire a raggiungere l'oasi finché la luce lo consentiva, e, giunto là, si dissetò e si sdraiò sotto una palma addormentandosi subito.

All'indomani venne svegliato dal vociare dei mercanti che stavano preparando le merci da portare in città; da uno di essi comprò un cammello scambiandolo con un anello d'oro, e, montato in groppa, si avventurò nel deserto.

Ancora non sapeva dove andare ma doveva allontanarsi il più possibile da Tebe perchè le guardie reali lo avrebbero cercato per alcuni giorni, passati i quali poteva considerarsi al sicuro e magari raggiungere anche un porto fenicio e imbarcarsi per la Grecia.

Poiché viaggiare nel deserto era pericoloso cercò di seguire una carovaniera, visibilmente tracciata ,che portava ad un'altra oasi, dove potersi riposare.

Quivi giunto fece provvista di acqua e si mise in disparte, stanco e preoccupato per la sorte del padre; attorno a lui i membri di una piccola carovana parlavano e ridevano, mentre le loro donne alzavano una tenda.

Msrah, ormai questo era il suo nome, tolse dalla bisaccia il fagottino che conteneva il medaglione di suo padre e lo guardò intensamente.

Glielo aveva visto tante volte al collo senza mai chiedersi cosa significasse e ora guardandolo, ne avvertiva l'importanza: passandoci sopra le dita gli martellava in testa il pensiero che Merurak sarebbe stato sacrificato solo per aver eretto il monumento funebre al faraone ,e che a lui sarebbe capitato lo stesso se non fosse fuggito.

Da suo padre aveva appreso l'importanza dei cicli lunari, il loro rapporto con le piene del Nilo, i segreti calcoli che consentono agli obelischi di toccare il cielo e alle colonne di sorreggere un tempio, ma soprattutto aveva appreso la saggezza.

Ora era rimasto solo e non avrebbe neppure potuto pronunciare il suo stesso nome.

Finalmente si addormentò, stanco di questi pensieri, ma durante la notte venne perseguitato da demoni che lo inseguivano e da paludi fangose che non gli permettevano di fuggire da soldati inseguitori.

Si svegliò sudato, quando il sole era già alto e gli ultimi componenti della piccola carovana se ne stavano ormai andando.

Si alzò e, dopo aver girato lo sguardo tutto intorno per verificare l'assenza di soldati bevve un po' d'acqua direttamente dal pozzo, salì sul cammello e partì diretto a nord.

Nel suo cammino cercava di mantenersi vicino al sacro fiume, perchè lì la terra era più ricca di acqua e doveva riuscire ad arrivare fino a Menfi, poi attraversato il Nilo verso ovest, verso la terra dei fenici avrebbe finalmente potuto imbarcarsi.

Dopo alcuni giorni di viaggio, effettuato prevalentemente nelle ore buie, orientandosi con le stelle, il fuggitivo cominciava a sperare di avercela fatta, ma dietro una duna sbucò improvvisamente un leone del deserto ,che spaventò il cammello e Msrah venne disarcionato.

Cadendo riuscì a stento a prendere il corto arco, agganciato alla gualdrappa e una sola freccia perchè le altre erano rimaste nella faretra.

Il cammello scappò impaurito e l'uomo rimase fermo, pensando come difendersi, mentre la belva avanzava ruggendo.

Incoccò la freccia mirando sopra la spalla sinistra, poi quando il leone spiccò il balzo verso di lui la scagliò colpendolo in un punto non vitale ,ma che gli consentì di scansarsi in tempo.

Sfoderò allora il suo pugnale aspettando un altro salto della belva ferita ma prima che questo accadesse un grido e una lancia attraversarono l'aria e il leone cadde colpito a morte .

Pochi metri più in là un cavaliere, accanto al suo cavallo, guardava con sguardo fiero la belva morta ,poi avvicinandosi disse :" E' una mia preda, molto feroce, le davo la caccia da un po' di tempo e una volta l'avevo anche ferito ma mi era sfuggito.

Ora sono contento di averti salvato la vita.

Il mio nome è Djoser di Amarna e sarai ospite nella mia casa"

"Msrah, Msrah di Tebe" fu la risposta farfugliata"e sono ancora molto spaventato perchè non sono un cacciatore ma sono...mio padre...vende stoffe! a Tebe!"

Il cacciatore gli domandò il perchè della sua presenza in quel luogo e l'uomo rispose che voleva conoscere il mondo, viaggiare, e aveva deciso di imbarcarsi, anche se ora la fuga del cammello rendeva impossibile proseguire.

"Non preoccuparti perchè di sicuro troveremo il tuo animale vicino alla città, nei pressi del pozzo; ora monta a cavallo insieme a me.

Ritornerò domani a prendere la pelle del mio leone".

Giunti ad Amarna ,nei pressi del pozzo trovarono il cammello, come il giovane cacciatore aveva previsto e, dopo aver controllato che nulla mancasse, si diressero verso la sua casa.

Li accolse una donna sorridente, con una bambina festosa in braccio che salutò, abbracciandolo, Djoser e gli chiese come era andata la caccia.

Sentendo il racconto i suoi occhi si illuminarono quando venne descritto il salvataggio di Msrah e lo sguardo scambiato col suo uomo rivelò l'amore profondo che legava i due.

Al termine del racconto Jalilah, questo era il suo nome, preparò del cibo accompagnato da buona birra fermentata, poi mise a dormire in una cesta la piccola Juman e lasciò soli i due uomini.

Il cacciatore guardando profondamente negli occhi Msrah gli chiese a bruciapelo" Chi sei veramente? oggi ho visto la tua paura, ma non era solo paura del leone: tu temi qualcos'altro!"

Dopo un attimo di incertezza Msrah gli raccontò la verità mostrandogli alla fine il medaglione donatogli da suo padre.

"Io sono un cacciatore e non capisco queste cose ma c'è un uomo in città che potrebbe esserti utile e questa sera ti porterò da lui".

All'imbrunire i due si recarono a casa di Sutekh, un saggio uomo istruito e conoscitore di simboli di altri popoli.

Costui osservò molto attentamente il medaglione di Msrah girandolo e rigirandolo su se stesso per vedere se il suo orientamento poteva facilitarne l'interpretazione, ma a nulla valse e dopo lungo tempo i due uscirono dalla casa del brav'uomo senza aver concluso niente.

Il giorno dopo ritornarono nel deserto per recuperare la pelle del leone ucciso ed ebbero modo di conoscersi meglio; in particolare il tebano si rese conto che il suo ospite oltre al coraggio nutriva un profondo affetto per la sua famigliola e, malgrado sembrasse sprezzante del pericolo, in realtà era molto attento a non commettere errori che avrebbero potuto rivelarsi fatali .

L'indomani Msrah confidò all'amico di essere fermamente deciso ad andarsene dall'Egitto e Djoser si offrì di accompagnarlo per un tratto di strada, almeno fino alle vicinanze di Menfi, poi da lì, passando vicino a Saqqara ed evitando posti molto frequentati potevano dirigersi verso Alessandria riprendendo una carovaniera.

Il tebano accettò di buon grado l'aiuto cominciando a radunare le poche cose, mentre l'amico uscì di casa per vendere il cammello e procurarsi al suo posto un cavallo, che in quelle zone era preferibile ed era più veloce in caso di fuga.

Verso sera fece ritorno a casa con un bel cavallo arabo e con una corta spada di rame pesante e tagliente da usare in caso di necessità al posto del pugnale e ne fece dono a Msrah, poi andarono entrambi a dormire.

Il tebano venne svegliato prima dell'alba dalla mano leggera di Jalilah che con un sorriso lo invitava ad alzarsi adagio per non interrompere il sonno della figlia porgendogli una piccola bisaccia contenente dei frutti, un pezzo di pane e una borraccia d'acqua ricavata da una zucca svuotata.

Anche Djoser ricevette le stesse cose, mentre la sua donna lo fissava negli occhi senza parlare abbracciandolo forte, e voltandosi per sorridere all'ospite prima di tornare nella stanza con la figlioletta.

Msrah, dopo aver risposto al saluto si girò ed uscì dalla casa, benedicendo la generosità di queste persone, poi guardò l'amico che tranquillamente si era già avviato e si buttò con decisione nella sua avventura.

Il viaggio era iniziato da poche ore quando incrociarono in lontananza un drappello di guardie reali, riconoscibili dagli stendardi sulla punta delle lance e senza mostrare fretta si mantennero il più possibile alla larga da loro riuscendo ad evitare un incontro diretto.

La notte li sorprese in viaggio e, poiché la meta era ancora lontana, decisero di fare una breve sosta con due turni di guardia fino all'alba, ma la notte trascorse per fortuna senza problemi.

57

Dopo altri due giorni di viaggio finalmente arrivarono in vista della costa e Djoser, che non aveva voluto lasciare da solo l'amico neppure nell'ultima parte del viaggio, lo guidò verso il porto di Alessandria dove erano ancorate parecchie navi fenicie pronte a salpare verso varie città del mediterraneo.

I due chiesero la rotta delle imbarcazioni e quella che sembrava preferibile doveva fare scalo in trinacria a Siracusa, città mercantile molto importante, da cui Msrah avrebbe in seguito potuto spostarsi con facilità per andare in altri luoghi.

Vennero contrattati per il viaggio due pezzi d'oro e due d'argento ricavati dalla vendita di uno dei cavalli e Msrah, dopo aver abbracciato calorosamente l'amico, salì sulla nave, che staccò gli ormeggi e cominciò a dispiegare le vele subito gonfie al vento di scirocco.

Djoser da terra osservò per un attimo il tebano che aveva la mano sull'elsa della spada in segno di riconoscenza, poi montò d'un balzo a cavallo e lo spronò deciso verso Amarna.

In alto mare Msrah guardò ancora il medaglione, che brillava sotto i raggi del sole, dandogli la sensazione che l'anima di suo padre fosse lì, e, interpretando questo come un segno di speranza per una nuova vita, con un sorriso se lo mise al collo ,pronto ad affrontare il suo destino.

Fig 3

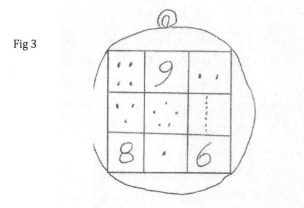

Capitolo 7

Pompei anno 79 dc.
Seduti sul prato in un punto che dominava il golfo di Neapolis Flavius
e il figlioletto Marius stavano guardando il mare calmo, al tramonto, in
un caldo mese di agosto che invitava a restare all'aria aperta.
Poco distante da loro Livia stava raccogliendo dei fiori di campo sotto
lo sguardo innamorato del marito, mentre il piccolo Marius additava
con una risata felice una vela all'orizzonte.
Alla loro destra si stagliava contro il cielo la figura imponente del
Vesuvio che da sempre incuteva soggezione, ma quel giorno ancora di
più, perchè la terra aveva tremato, anche se per poco. Flavius però
non aveva voluto allarmare i suoi cari col ricordo del terremoto di
diciassette anni prima, che gli era stato raccontato dai genitori.
Con un sospiro l'uomo si alzò in piedi e chiamando a sé la moglie e il
figlio li invitò a scendere per tornare a Pompei, poichè ci sarebbe
voluto parecchio tempo prima di rientrare col piccolo carro trainato
dai suoi quattro cavalli prediletti.
Scesero a valle e salirono sul carro, poi partirono al piccolo trotto.
I cavalli erano agitati e Flavius faticava un poco a tenere la briglia e
intanto si sentiva ancora la terra tremare e sulla cima del Vesuvio
cominciò a comparire una nube.
Il romano cercò di accelerare l'andatura dei cavalli, mentre la moglie
lo guardava con apprensione.
Arrivarono a casa verso le 20 e all'ingresso vennero accolti dalla
servitù, allarmata perchè a Pompei le scosse si erano sentite in modo
forte ,insieme ad un rumore lontano, come un brontolio di tuono ma
Flavius cercò di tranquillizzare tutti.
La notte trascorse in modo inquieto e l'uomo si alzò spesso per
andare alla finestra a guardare il Vesuvio fiocamente illuminato da
una luce surreale.
All'alba un rombo più forte seguito da un boato svegliò i tre di
soprassalto e al loro sguardo apparve una scena incredibile.

Dal vulcano si elevava una nube " nessuna pianta meglio del pino ne potrebbe riprodurre la forma. Infatti slanciatosi in su in modo da suggerire l'idea di un altissimo tronco, si allarga poi in quelli che si potrebbero chiamare rami.(prima lettera di Plinio il Giovane)"

La visione, di per sé già impressionante, generò terrore quando, verso le 13 iniziò la vera eruzione, preceduta da una serie di esplosioni causate dalla immediata volatilizzazione dell'acqua della falda superficiale venuta a contatto col magma in risalita.

Successivamente una colonna di gas, ceneri, pomici e frammenti di pietre, si sollevò altissima al di sopra del vulcano.

Il terrore ora si era impadronito di tutti gli abitanti di Pompei, che si riversarono nelle strade tentando di allontanarsi dalla parte opposta al Vesuvio e alcuni tentarono di scappare al più presto verso il mare, per trovare scampo in una fuga sulle navi lì ormeggiate.

In questa corsa disperata la gente usava cavalli, piccoli carri, ma la maggior parte fuggiva a piedi e, nella confusione, gli uni erano di ostacolo agli altri e molti vecchi e bambini cadevano a terra venendo calpestati da chi scappava dietro di loro.

La terra tremava in continuazione rendendo ancora più difficile fuggire e aumentando il terrore e impedendo di orientarsi correttamente.

Poi ad un tratto la collera del vulcano sembrò placarsi e i romani, ovunque si trovassero, disorientati, alzarono lo sguardo verso il gigante con un barlume di speranza.

Passarono i minuti, lunghi come ore, poi ancora un po' di tempo senza che nulla accadesse: il Vesuvio continuava a tacere.

Flavius, in mezzo alla strada, col piccolo Marius sulle spalle, si sentì un po' confortato da questo silenzio e guardando Livia con sguardo angosciato decise di tornare a casa per vedere i danni e prendere le poche cose preziose prima che cadessero in mano agli sciacalli.

Entrarono in casa, che mostrava alcune crepe sui muri interni, senza altri danni e Livia corse a prendere il suo bracciale d'argento, dono dello sposo, mentre Marius prese in mano il cavallo di legno intagliato da suo padre, distraendosi, per un attimo, con l'innocenza dei bambini, da quello che stava accadendo.

Flavius andò a vedere la parete sud della casa, dove lui stesso stava dipingendo nella nicchia dei Lari un piccolo affresco che rappresentava una figura geometrica a cui teneva molto, perché era presente nella casa di suo padre e, prima ancora, dei suoi avi.

60

Era un quadrato con dei simboli e dei punti, considerato un disegno beneaugurale, o almeno così gli era stato tramandato dalla sua famiglia ma la vista di una profonda crepa nel muro su cui era dipinto venne vista come un cattivo presagio e purtroppo il pensiero si avverò: improvvisamente, a tradimento, il Vesuvio riprese ad eruttare con la formazione di nuvole di ceneri, gas e lapilli.

Livia e Marius corsero da lui; il piccolo si attaccò piangendo alle sue gambe e la dolce sposa lo abbracciò forte singhiozzando, poi nel volgere di pochi minuti l'aria incandescente divenne irrespirabile, mentre la luce del sole non filtrava più: tutto divenne buio e i tre caddero a terra, morendo soffocati come tutti gli altri abitanti di Pompei.

La nube piroclastica avvolse tutto il territorio arrivando fino a Capo Miseno.

Per chi, fortunato, guardava da grande distanza e dal mare "le scosse crebbero talmente da far sembrare che ogni cosa si rovesciasse e pareva che il mare si ripiegasse su se stesso, quasi respinto dal tremare della terra, così che la spiaggia s'era allargata e molti animali marini giacevano sulle sabbie rimaste a secco"(seconda lettera di Plinio il Giovane a Tacito).

Dopo l'eruzione l'insieme di foreste, vigne e vegetazione lussureggiante che ricopriva la parte del fianco del Vesuvio non esisteva più:

"Ecco il Vesuvio, poc'anzi
verdeggiante di vigneti ombrosi, qui
un'uva pregiata faceva traboccar le
tinozze
ora non
vorrebbero gli dei che fosse stato
loro consentito d'esercitare qui tanto
potere"
(Marziale lib. iv epigr.44).

Quando tutto fu terminato la zona era pervasa dal silenzio e solo un leggero vento soffiava sulla cenere prolungando la notte già lunga, ma

61

al suo passaggio non c'era più stormire di fronde: solo qualche sibilo inquietante, e, per il resto, silenzio!

Da qualche parte, sepolti sotto la cenere, gli abitanti di Pompei da tempo cercano di raccontare la loro storia interrotta troppo bruscamente e tra essi sembra quasi di sentire la voce di Flavius che grida ai suoi discendenti: "almeno voi cercate di capire il significato di tutto questo...io ora so che la buona sorte accompagna le scelte dell'uomo solo quando sono scelte sagge..!"

Capitolo 8-Britannia.anno 130 d.c.

Era il sesto giorno del mese di ottobre e Lug il druido col vestito bianco da cerimonia si arrampicò sulla grande quercia al centro del villaggio e recise con un falcetto d'oro il vischio, poi lo depose su un candido panno recitando a bassa voce le frasi sacre di rito, infine si avvicinò ad uno stretto e piccolo recinto lì vicino dove erano tenuti legati due tori bianchi e li sacrificò recidendo le carotidi.

Facendo questo cantava un inno sacrificale e il suo popolo, attorno ,lo guardava compiere questi gesti senza parlare, in assoluto silenzio, rispettoso per la grandezza dello sciamano, in grado di compiere magie e di sconfiggere i nemici col potere delle sue rune e con l'aiuto di un potente talismano, donatogli ,si diceva, direttamente da Taranis, il dio del tuono.

La cerimonia sacra era un inno alla vita, una preghiera alla natura, al suo potere rigenerante, alla rinascita.

Terminata la cerimonia Lug rientrò in casa, anch'essa situata sotto una quercia e dopo aver lavato le mani tolse le sacre rune da un sacchetto di pelle e recitando una preghiera le gettò sul pavimento di terra battuta, accanto ad un medaglione d'oro.

La prima runa a cadere fu Ass, la runa della sacra conoscenza, poi Ken, la luce interiore e infine la runa Ur, l'inizio di tutte le cose.

Lo sciamano per la prima volta non sapeva come interpretare questi segni, perchè essi si riferivano ad un oggetto che il mare aveva portato, tanto tempo fa a suo nonno e che gli era stato tramandato in gran segreto, come fosse un dono divino.

Questo oggetto sembrava potenziare il potere delle rune con la sua presenza, ma Lug non era mai stato capace di comprenderne il significato e ogni volta che le rune venivano gettate a questo scopo esse davano sempre la stessa risposta ,come a sottolineare che solo purezza d'animo e una grande conoscenza potevano consentire di raggiungere lo scopo.

Con un sospiro Lug rimise le rune al loro posto, poi prese i rametti di vischio e cominciò a spremerli per ricavarne una medicina e con le foglie fece una densa poltiglia, infine racchiuse separatamente le due medicine in altrettanti vasetti di vetro e decise di rimandare al giorno dopo la raccolta di salamo e selago.

Mentre faceva questo gli venne in mente di andare a far visita all' amico Baldur per confidargli il suo segreto e per parlare di alleanze, perchè le notizie arrivate dal sud indicavano che lo scontro con i romani era ormai prossimo e il popolo doveva contare sul loro aiuto.

Partì a cavallo il dodicesimo giorno del mese di ottobre dirigendosi verso la città di Cester alla cui periferia era accampato l'esercito celtico, con i guerrieri dal viso e mani dipinti di blu, un esercito temibile per chi lo incontrava per la prima volta ma ormai noto ai romani che avevano imparato a fronteggiarlo.

Il cammino era lungo ,attraverso fitte foreste, ma Lug non aveva alcun timore di questi luoghi che frequentava da quando suo nonno gli aveva insegnato l'arte della magia e della medicina e ne approfittò per raccogliere il salamo e il selago, seguendo il rituale che li vuole raccolti con la mano sinistra e dopo averli messi nella bisaccia ,proseguì verso la sua destinazione.

Giunto in città andò subito da Baldur ,che lo accolse fraternamente e divise con lui un frugale pasto prima di parlare del motivo del viaggio.

"Posseggo un amuleto, di cui forse hai sentito parlare, che il popolo pensa mi sia stato donato da Taranis, ma non è così.

Anche se il suo potere è forte, al punto da rendere più potenti le stesse rune, esso è arrivato dal mare, al collo di un uomo che fu soccorso da mio nonno; egli lo ricevette da quello straniero prima di morire con la preghiera di conservarlo con cura ma mio nonno si rese subito conto che era un potente talismano e lo tenne sempre nello stesso sacchetto delle rune, questo sacchetto, che ora io uso.

Ebbene, quando consulto le rune in presenza dell'amuleto esse sono molto piu' chiare da leggere, ma quando chiedo loro di aiutarmi a capire il significato dei segni incisi su di esso, la risposta è sempre affidata alle stesse tre rune: Ass, Ken e Ur.

"Capisci dunque? è un messaggio, sempre uguale. "detto questo porse il medaglione con le iscrizioni all'amico.

Baldur annuì in silenzio poi compì lo stesso gesto che altri avevano compiuto prima di lui esaminando il medaglione: lo passò lentamente tra le dita ad occhi chiusi ,come per sentire il suo messaggio, poi rivolto all'amico: "Vieni con me sull'altopiano delle pietre giganti: lì dobbiamo andare per la festa del solstizio e forse troveremo una risposta a tutte le nostre domande.

Ci andremo tra pochi giorni e interrogheremo le rune per meglio comprendere quello che le stelle vogliono dirci ma ci andremo con altri druidi per poter formare il cerchio di conoscenza."

Alcuni giorni dopo un gruppo di otto druidi era diretto verso l'altipiano di Stonehenge per compiere il rituale sacro; assieme a loro un manipolo di guerrieri fidati aveva il compito di proteggerli durante la celebrazione.

Giunti sul posto ,il primo giorno della luna nuova, quando il buio copre ogni cosa e nel cielo solo venere brilla alta ,i druidi, acceso un falò al centro delle pietre si disposero in cerchio tenendosi per mano cantando le magiche parole che danno il via al rituale:

"Io sono il cerchio
e vi guarisco
voi siete il cerchio
e mi guarite.
uniamoci, diventiamo uno
uniamoci, siamo uno"

Al termine Baldur prese il medaglione di Lug ,tracciò un segno su di esso, poi lo depose per terra e cominciò a lanciare le rune: Ass, Ken e Ur.

Sempre le stesse! ma questa volta si aggiunse una quarta runa: Hagal! la runa madre!, la runa contenitore dell'energia.

In silenzio i componenti del cerchio si distaccarono, avvertendo che una grande energia si era mossa in quella sera di luna nuova e Baldur espresse la sua interpretazione della lettura delle rune: "Esse ci hanno detto che un nuovo ordine sta per nascere, una nuova energia ,da qualcosa che sta cambiando, ma credo che volessero anche farci sapere che il talismano porta in sè il significato della vita, l'energia della vita. Di più non sono in grado di aggiungere".

Anche Lug era d'accordo su quanto detto e commentò: "Le rune parlano dell'energia che muove la vita nell'intero universo".

65

Terminata la cerimonia sacra tutti si disposero accanto al fuoco mettendosi a dormire.

Il mattino dopo il gruppo ripartì in direzione di Cester e durante il percorso ad uno ad uno i druidi delle varie tribù si distaccarono per rientrare nei loro villaggi, finchè solo Lug e Baldur si ritrovarono a fare la stessa strada.

Essi cavalcavano senza parlare avendo compreso che il messaggio della sera del solstizio in realtà ne conteneva molti ma uno era di particolare importanza e di difficile comprensione.

Per quanto riguardava poi la guerra con i romani, essi sapevano bene che ogni guerra causa dolore e morte da entrambe le parti e la parola vittoria ha un significato solo per coloro che, almeno per un istante, si sono illusi di aver sconfitto la morte .

Giunti a Cester i due amici si separarono e Lug ritornò al villaggio attraversando la foresta amica e fermandosi a raccogliere altre erbe medicinali.

Al suo arrivo lo attendeva la notizia che era stato visto nei paraggi un drappello di soldati romani, probabilmente un gruppetto di esploratori, avanguardia dell'esercito vero e proprio; ma questo era bastato a mettere in allarme la gente.

Lug allora riunì tutti sotto la grande quercia e li esortò ad abbandonare il piccolo villaggio, che da solo non sarebbe stato in grado di difendersi, per riunirsi con i guerrieri che stavano fuori dalle porte di Cester.

In breve tempo la gente raccolse le cose più importanti, caricando bambini e piccoli animali su grossi carri trainati da robusti cavalli, poi il villaggio venne abbandonato in silenzio.

Lug decise di girare intorno alla foresta senza attraversarla per non rallentare troppo l'avanzata dei carri e scelse un percorso che poteva consentire di ripararsi su basse collinette in caso di attacco romano.

La carovana proseguì per alcune ore senza intoppi ma nessuno si faceva illusioni perchè tutto intorno gravava un silenzio innaturale, rotto solo dal gracchiare stridente di una cornacchia.

"Cattivo presagio" pensò Lug e a conferma dei cattivi pensieri uno dei fiancheggiatori di vedetta segnalò l'arrivo di due cavalieri a spron battuto: erano abitanti del villaggio di Wroxeter, distrutto il giorno prima dalle legioni romane, in cerca di aiuti per un piccolo gruppo di persone asserragliate in un fortino.

Lug manifestò la sua impotenza per non poterli aiutare anche perchè queste informazioni significavano che i romani avevano loro tagliato la strada per Cester e sarebbe stato molto difficile entrare in città per proteggersi.

A questo punto non restava loro che tornare indietro viaggiando lungo la costa occidentale per arrivare a Caerleon, una cittadella fortificata posta in una insenatura e difficile da conquistare.

Lì vicino inoltre, l'esistenza di un piccolo porto ben protetto e ben difendibile poteva consentire di fuggire via mare in caso di estrema necessità verso la vicina Irlanda.

Lug si sentiva addosso gli sguardi disperati della gente, ma, mostrando sicurezza e tranquillità esortò tutti quanti a non cedere e a proseguire.

Ogni tanto la piccola carovana si fermava per riposare e per mangiare mentre le sentinelle irrequiete facevano la spola per evitare attacchi di sorpresa, ma fortunatamente arrivarono alla cittadella senza alcun problema.

Le pesanti porte vennero aperte per farli entrare e Lug, in qualità di druido e capo del suo villaggio, andò subito dal responsabile della guarnigione per riferirgli quanto stava accadendo.

Lo trovò assieme ad alcuni guerrieri mentre stava discutendo della situazione e stava valutando di aumentare le fortificazioni e gli suggerì quindi di mettere una piccola guarnigione a guardia del porto, pronta a far salpare le navi in caso di fuga.

Il borgomastro gli confidò che esisteva un passaggio segreto che dall'interno della città conduceva fuori dalle mura appunto verso il porto ed era intenzionato a mettervi dei guerrieri a guardia.

Mentre stavano discutendo sentirono un grande clamore e un guerriero corse loro incontro avvertendoli che i romani erano arrivati in prossimità della città.

Lug e il borgomastro si affrettarono sugli spalti e videro quello che non avrebbero mai voluto: le legioni romane li avevano circondati ed erano pronte all'assalto.

Suono di tamburi e squilli di tromba sferzarono l'aria, mentre i soldati romani battevano ritmicamente il gladio sugli scudi e calcavano il terreno coi talloni accompagnando i rumori con grida ripetute.

Dal canto loro i celti brandivano spade e lance e urlavano con tutto il fiato facendo il tremulo con la gola per mostrarsi coraggiosi, ma il

pensiero era rivolto ai figli e alle donne ,rintanati nelle case che
andavano difesi a costo della vita.

Il druido sapeva tutto questo e pensò che era arrivato il momento di
indossare il suo medaglione per riuscire a trarne tutta la forza da
trasmettere ai suoi fratelli.

Facendolo intonò un canto che parlava della vita, del cielo, dell'acqua
e di bambini che corrono e del vento, del fuoco e di tutte le forze della
natura ; ma alle orecchie dei legionari romani questo arrivò come un
canto di guerra e le loro grida aumentarono sovrastando ancora di più
ogni altro rumore e rompendo il silenzioso equilibrio della vita,
invocato dalla cerimonia del druido.

Il tempo della quiete era finito.

Ora il suono dei flauti era sostituito dal suono delle trombe di guerra e
i canti che inneggiavano alla vita erano rimpiazzati dal fragore della
battaglia.

Ovunque la natura chiedeva aiuto inascoltata.

A cosa erano servite dunque le rune dispensatrici di saggezza, e la
forza dell'amuleto, potente come il pensiero degli dei!

Era bastata la follìa umana per cancellare tanta sapienza a fatica
accumulata.

Fig 4

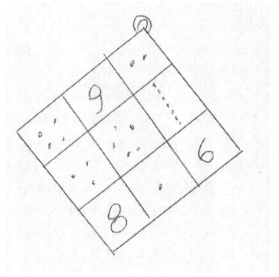

Capitolo 9-Roma 100 d.c.

Il carro avanzava traballante sul lastricato della via Appia diretto a Roma; dentro, incatenati tra loro vi erano dieci uomini prelevati dalle prigioni delle varie parti dell'impero dopo essere stati alla scuola dei gladiatori per imparare a combattere nell'arena.

Alcuni uomini a cavallo fiancheggiavano il carro facendo commenti e ridendo sul suo carico umano.

Li guidava Alvertos, un greco di Sparta che si era guadagnato la libertà combattendo nell'arena e che ora si guadagnava da vivere addestrando i gladiatori.

Non c'era pietà nel suo sguardo , nè odio, ma solo indifferenza per coloro che stava guidando e desiderio di compiacere i nobili che avrebbero assistito ai giochi portando abili guerrieri nell'arena.

Nel tardo pomeriggio il carro entrò in città e i prigionieri fecero appena in tempo a vedere i grandiosi monumenti che testimoniano la grandezza di Roma, poi si aprirono i cancelli di ferro che portavano al recinto, posto sul retro del Colosseo dove gli uomini vennero fatti scendere.

Una volta scesi vennero liberati dalle catene e lasciati in stanze basse, col soffitto a volta, e l'aria pesante, chiuse da una inferriata.

In ogni stanza c'erano due brande e accanto ad esse una brocca di acqua.

Uno dei prigionieri, alto e muscoloso, venne fatto entrare in una stanza più grande delle altre, già occupata da un gladiatore, Marcus, famoso per le sue vittorie e per aver rifiutato più volte di lasciare l'arena, pur essendo stato affrancato dal suo padrone ,Caio Antonino.

Il gladiatore squadrò il nuovo arrivato con superiorità e aria di sfida e gli domandò la provenienza: "Il mio nome è Agapios e sono un guerriero. La Tessaglia è la mia terra d'origine, anche se molte terre mi hanno ospitato e visto."

"Cattivo guerriero se ti sei fatto catturare ! non c'è onore nella prigionia ma solo nella morte che ci libera dal vincolo della schiavitù.

Ora dovrai pagare la tua incapacità soffrendo molto di più di quanto accade in battaglia, perchè combatterai da prigioniero, guerriero mirmidone!

La medaglia che porti al collo è forse una preghiera? I tuoi dei non ti aiuteranno nell'arena; lì contano solo forza e rabbia e regna sovrana la paura, la signora della notte.

Ora conviene che tu dorma, perchè questa notte durerà poco e il mattino ti sorprenderà da sveglio, con gli occhi sbarrati dalla paura della morte.

Se dalla tua paura nasceranno rabbia e forza allora forse vivrai, ma se la paura ti taglierà il fiato e le gambe allora sarai carne per i leoni e se mai un giorno i tuoi dei te lo concederanno torna in Tessaglia e dimentica l'odore della morte. "

Detto questo Marcus si girò sul fianco mettendosi a dormire incurante dell'ultimo arrivato.

Agapios, seduto sulla branda osservava il corpo muscoloso del gladiatore e toccando il medaglione gli rivolse una preghiera, anche se non raffigurava alcuna divinità; di questo oggetto sapeva soltanto che portava fortuna ,o almeno questo gli avevano tramandato suo padre e suo nonno che prima di lui lo avevano posseduto.

Intanto pensava alle parole dell'uomo promettendo a se stesso di rimanere prigioniero per poco tempo, almeno fino a quando non fosse diventato così famoso da venire affrancato conquistando la libertà, anche se questo significava uccidere altri come lui.

Decise di provare a dormire e non appena chiuse gli occhi si addormentò.

Quando venne svegliato dal vociare degli uomini nelle loro celle gli sembrò che fosse passato poco tempo, ma era già l'alba e per qualcuno forse anche l'ultima.

Si vestì con le armi che gli avevano dato : un piccolo scudo rotondo, una lancia e un gladio, e, in veste di Hoplomacus attese di essere chiamato per affontare il suo avversario: un Trace.

Sceso nell'arena si trovò di fronte un uomo che già aveva affrontato al tempo della scuola: un uomo forte ma indeciso, non amante della vita del soldato, e, rendendosi conto che costui non voleva ucciderlo, ne approfittò, caricandolo con impeto e prendendo il sopravvento.

L'uomo cadde a terra e Agapios lo ferì ad un fianco con la lancia, poi lo immobilizzò aspettando il giudizio della folla che, per fortuna essendo i combattimenti appena iniziati era ancora distratta e non ne reclamò la morte.

Il compagno ferito lo osservava quasi stupito e il greco non potè fare a meno di provare compassione per questo gigante buono sicuramente candidato a venire ucciso da un altro gladiatore senza scrupoli.

Volgendo lo sguardo nel circo vide il suo compagno di stanza infierire con crudeltà contro il suo avversario, poi, mentre ancora lo stava guardando, lo vide scagliarsi contro un leone, appena entrato nell'arena.

La fiera quasi non ebbe il tempo di accorgersi di venir aggredita e venne uccisa con un colpo violento al collo, mentre la folla urlava in delirio inneggiando al suo beniamino.

Costui, incurante delle altre fiere che nel frattempo erano uscite all'aperto, si rivolse alla folla alzando entrambe le braccia e ricevendone il plauso poi uscì passando davanti ad Agapios soffermandosi per un solo istante davanti a lui senza parlare e fissandolo negli occhi.

Uscì anche il mirmidone che, dopo quello che aveva visto, aveva anche ben compreso le parole dette il giorno prima da Marcus e rientrò così nella sua stanza.

Quella sera tra i due non ci fu conversazione; ognuno mangiò il ricco pasto necessario per affrontare simili duelli, poi entrambi si sdraiarono sulla branda.

Il loro riposo venne interrotto dall'arrivo del nobile Calpurnio, che, per compiacere Marcus gli portò Lavinia, una giovane prostituta .

Mentre i due giacevano tutta la notte Agapios riposava pensando al giorno dopo.

All'alba la donna se ne andò e Marcus si addormentò incurante di doversi preparare al combattimento mentre Agapios, che in fondo ammirava il suo sprezzo del pericolo, era già pronto a scendere nell'arena.

Lo spettacolo stavolta prevedeva solo un combattimento con le fiere e per questo Marcus non si mostrò ,mentre ad Agapios toccò un combattimento con una tigre siberiana che con un balzo improvviso riuscì a ferirlo ad una spalla tra le urla divertite della folla che lo riteneva ormai spacciato.

Ma il mirmidone di colpo venne preso da una rabbia furiosa al pensiero di quello che stava passando e al ricordo della sua donna

71

che forse lo aveva già dimenticato , rialzandosi di scatto sferrò un fendente al fianco dell'animale col corto gladio poi con un grido disumano gli piantò la lancia nel cuore.

L'animale ebbe un sussulto e lo fissò per un istante, poi crollò a terra, seguito subito dopo da Agapios che perdeva sangue in abbondanza dalla spalla dilaniata.

La folla si alzò in delirio acclamando l'azione eroica del combattente ,diventato il nuovo eroe del circo, poi Agapios venne portato fuori dall'arena su una barella e gli venne subito ricucita la ferita.

Accanto gli rimase una fanciulla di nome Lucilla per medicarlo e passargli ogni tanto uno straccio bagnato sulla fronte imperlata di sudore.

Il gladiatore spossato se ne stava ad occhi chiusi sdraiato sull'asse della branda e sentì un sogghigno al suo fianco: aprì gli occhi e vide la faccia di Marcus che lo scrutava "Sei diventato un eroe, ma la tua fama è ancora piccola e diventerà più grande solo se ucciderai molti combattenti e soprattutto se riuscirai ad uccidere me ."

Marcus uscì lasciando dietro di sè un senso di gelo e di rabbia impotente perchè il mirimidone sapeva bene di aver di fronte un uomo senza scrupoli sempre pronto a uccidere per il solo gusto di farlo ma la stanchezza ebbe il sopravvento e Agapios si addormentò.

Trascorsero cinque giorni prima che l'uomo riuscisse ad alzarsi e durante questo tempo venne curato dalla giovane Lucilla da cui era anche molto attratto, ma senza darlo a vedere a causa di Marcus che sembrava sempre trovare un pretesto per attaccar lite.

Nell'arco di un mese la spalla era completamente guarita e il giovane riprese ad allenarsi, ma una sera, al termine dei combattimenti Marcus entrando nella loro stanza gli puntò direttamente il gladio alla gola e gli gridò con ferocia" Lo voglio" riferendosi al medaglione.

Agapios si ritrasse con uno scatto e saltò addosso al colosso in un impeto di rabbia inaspettata, venendo scaraventato a terra.

Marcus gli fu subito sopra e con un gesto gli strappò dal collo il medaglione, procurandogli una ferita dietro l'orecchio, ma incurante del dolore Agapios lo colpì al naso con una testata, poi divincolandosi riuscì ad aggirarlo sovrastandolo sulla schiena e infine gli spezzò la spina dorsale ruotandogli di scatto la testa.

Tutto era avvenuto molto in fretta e quando arrivarono le guardie chiamate dagli altri gladiatori chiusi dietro le sbarre Marcus giaceva esanime e Agapios venne portato davanti al tribuno che gli confiscò il medaglione e lo mise alle catene.

Il giorno dopo Agapios venne liberato e gli venne ordinato di prepararsi a combattere nell'arena: in caso di vittoria sarebbe stato un uomo libero oppure avrebbe potuto scegliere di prendere il posto di Marcus .

Quando entrò nell'arena la folla gridò il suo nome ed egli si girò lentamente su se stesso guardandosi intorno, poi lo sguardo si fermò sull'uomo che troneggiava sotto il baldacchino centrale: Cesare!

In quel mentre tre leoni uscirono dalle gabbie e si diressero verso di lui, ma Agapios con un balzo impugnando la lancia corse verso Cesare per scagliarla e in un attimo venne colpito da due ,tre, quattro frecce che gli fermarono la corsa.

Cadde a terra ,mentre altre frecce lo colpivano, e i leoni gli furono addosso e cominciarono a sbranarlo ma ormai era morto, da uomo libero, consegnato alla storia per aver vinto il grande Marcus e aver osato sfidare Cesare! l medaglione oggetto di insensata cupidigia rimase invece nella tasca del tribuno, che lo aveva ritenuto prezioso solo perchè d'oro.

Fig.5

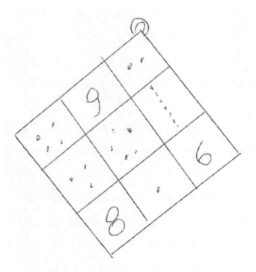

Capitolo 10
America centrale-regione del Chiapas-centro dell'impero Maya- 850 d.c.

"Ascolta Galpa, ascolta il silenzio ! Questa è la notte di Balam il giaguaro! Egli vede nell'oscurità la sua preda ,la aspetta con pazienza e al momento giusto la uccide.
Ora non senti il suo ruggito ma presto lo udrai, quando avrà ucciso l'agile scimmia.
Noi restiamo immobili perché non ci senta e speriamo che l'odore del muschio spalmato sul nostro corpo lo inganni, così potremo cacciare senza pericolo."
Le parole di Galpa erano dirette a suo figlio Tsik che lo accompagnava nella battuta di caccia.
All'improvviso il silenzio della notte fu squarciato da un ruggito simile ad un potente miagolìo seguito grida umane.
Il cacciatore e suo figlio balzarono in piedi correndo in direzione delle urla e sbucarono in una piccola radura dove un uomo giaceva a terra sanguinante, mentre la belva assalitrice dopo averli visti avanzò soffiando nella loro direzione.
Galpa scagliò la sua lancia contro la fiera colpendola sul fianco e Tsik la finì fracassandole la testa con la pesante mazza di legno irta di punte di ossidiana.
Il giovane aggredito era Rox ,figlio di Manao, Gran Chilam(sacerdote) di Palenque e i due guerrieri si resero conto di essere arrivati appena in tempo per salvarlo: una profonda ferita provocata dagli artigli gli attraversava il petto mentre sopra le spalle e sulle braccia la carne era lacerata dai morsi.
I due legarono le zampe del giaguaro con una liana poi ne gettarono un'altra più lunga al di sopra del ramo di un albero sollevando la belva da terra per evitare che altre fiere la divorassero e per poter ritornare in seguito con calma a scuoiare l'animale la cui pelliccia era molto pregiata.
Infine si caricarono a turno sulle spalle il malcapitato correndo quanto potevano per arrivare in città Il più rapidamente possibile.
Dopo circa mezzora entrarono in città e vennero subito scortati dalle guardie alla casa di Manao dove il malcapitato ricevette le prime cure,

poi il padre rivolgendosi ai due coraggiosi li ringraziò offrendo a Tsik in sposa come ricompensa la bellissima e adorata figlia Ixo mentre a Galpa spettò invece il grande onore di diventare capo della sua guardia personale.

Padre e figlio erano soddisfatti di salire di rango poiché si trattava di un periodo difficile per la gente Maya, da un po' di tempo succube della fame a causa dei recenti cataclismi che avevano rovinato i raccolti del mais e della manioca.

A nulla infatti erano finora serviti i sacrifici fatti dal Gran Sacerdote per ingraziarsi gli Dei, e inoltre le continue guerre con le città vicine, in particolare con Bonanpak avevano causato troppe vittime tra la popolazione ormai insofferente di pagare un prezzo così alto.

Tornato a casa Galpa raccontò alla sposa l'accaduto, poi si sdraiò sull'amaca addormentandosi.

Tsik dal canto suo tornò nella foresta dove avevano lasciato il giaguaro per scuoiarlo e donare la pelliccia alla futura sposa, più in segno di omaggio al rango del padre che per la ragazza, la cui decantata bellezza aveva potuto finora ammirare solo da lontano.

Il mattino dopo padre e figlio salivano i ripidi gradini del tempio per presentarsi a Manao, che li attendeva circondato dalle sue guardie con la figlia accanto.

"A partire da oggi il Tempio per voi non sarà più un luogo vietato, ma potrete entrarvi solo in mia presenza" poi, rivolgendosi a Ixo disse: "questo è colui che ha salvato Rox da morte certa. Tu sarai la sua degna sposa e dal tuo ventre nasceranno i vostri figli, miei discendenti".

Con un cenno della testa la donna si avvicinò al giovane ,che le prese la mano e a quel punto il Gran Chilam attorcigliò una liana al loro polso poi estrasse un coltello di ossidiana incidendo il palmo delle mani di entrambi, e lasciando gocciolare il sangue in un piccolo recipiente di rame.

"Il vostro sangue renderà feconda la dea terra. Essa ci darà più frutti e gli dei si sentiranno onorati e vi consentiranno di avere molti figli. Ora andate: per voi è pronta una casa dove abiterete a partire da questo momento".

I due giovani uscirono dal Tempio discendendo gli scalini mentre una fila di guerrieri piumati faceva loro ala poi, si diressero alla loro casa posta vicino a quella del Gran Sacerdote ed entrarono, finalmente liberi di conoscersi.

"Sei stato coraggioso ad affrontare Balam, anche i più coraggiosi lo temono".-" Ma io ero con mio padre ,che è un grande guerriero e mi ha insegnato a non aver paura e a guardare sempre negli occhi il mio nemico, uomo o animale che sia, per fargli così capire che sei tu il più forte."

"Ora dovrai mostrare a me la tua forza, guerriero e io ti darò dei figli, secondo la volontà di mio padre ,e sarò al tuo fianco sempre".

"Sei bella Ixo e io ti farò felice e sarò un bravo sposo!".

Con queste parole il giovane cinse al petto la ragazza e cominciò ad accarezzarla per poi stringerla in un amplesso che lasciò entrambi nelle mani di Alom, il dio del Cielo.

Il giorno dopo, Tsik venne chiamato dal Gran Sacerdote che gli comunicò che in suo onore si sarebbe giocata una partita di pelota tra cinque guerrieri di Palenque e cinque prigionieri catturati nell'ultima battaglia contro Bonampak.

Il capitano della squadra perdente era destinato a venir sacrificato, secondo la tradizione, e in questo modo avrebbero onorato gli dei, soprattutto Alaghom Naom, la dea maya della terra, dell'abbondanza e della speranza.

Tsik era noto per essere un forte giocatore di pelota, anche se questo Manao non lo sapeva ,e si offrì di fare da capitano della squadra ,ma il Sacerdote non volle affidargli quel ruolo per non far correre a sua figlia il rischio di veder morire il suo uomo in caso di sconfitta.

Il giorno della partita Galpa chiamò in disparte suo figlio" Ricorda che essi non hanno niente da perdere: se vinceranno rimarranno comunque prigionieri, pronti per una prossima partita e se perderanno solo il loro capitano verrà sacrificato; per questo giocheranno con tutta la loro forza e abilità".

Detto questo lo aiutò a mettersi le protezioni sulle parti vulnerabili, dalle natiche alle ascelle e i paracolpi sulle braccia e sulle ginocchia poi uscì dal campo.

Tsik era un bravo giocatore ma, come gli aveva detto il padre, i giocatori della squadra avversaria giocavano con tutta la loro forza e stavano per avere la meglio fino a quando una sua mossa molto abile non gli consentì di far passare la palla di caucciù attraverso l'anello di pietra posto verticalmente sul muro dello sferisterio vincendo la partita.

Al muto sgomento dei perdenti si contrapponeva l'esultanza dei vincitori che sollevavano più volte in aria Tsik riconoscendolo il migliore in campo e lo stesso Manao e sua figlia lo accolsero festanti, assecondati dai nobili per i quali in un primo tempo il gesto del sacerdote di dargli la figlia in sposa era stato eccessivo.

Nei giorni che seguirono Tsik, grazie alla sposa Ixo, entrò in contatto con i primi aspetti del mondo dei nobili, coloro che conoscevano la scrittura e l'astronomia; e le pietre lavorate che adornavano le case dei ricchi glie ne fece capire l'importanza, al punto da chiedere al Gran Sacerdote il permesso di entrare nelle sue stanze per imparare i segreti dei pianeti.

Manao era un grande esperto di astronomia e avendo notato le capacità del giovane e, soprattutto, non avendo molti amici dalla sua parte tra i nobili, decise di assecondarlo cominciando ad insegnargli a interpretare i movimenti dei pianeti e le leggi del calendario poi, portando il suo allievo nel punto più alto del tempio, gli mostrò il tempo e il punto dove sorge la stella Venere e il punto del cielo dove sono visibili le Pleiadi.

"Le chiamiamo TZAB, scuotimento, perché, come i sonagli del serpente, si scuotono prima di recare danno. Esse sorgono e attraversano il meridiano una sola volta all'anno ma se oltrepassano lo zenith allora possiamo essere tranquilli che il mondo non finirà.

Tu dovrai vegliare le stelle durante la notte, per conoscere l'ora.

La via Lattea è il sentiero che i morti devono percorrere per arrivare alla dimora celeste ed ha un cancello con due cardini; uno si trova tra la costellazione del Toro e quella dei Gemelli, vicino ad Orione, e l'altro tra lo Scorpione e il Sagittario.

Di giorno si collocano i punti di riferimento ciascuno con un proprio nome da Nord a Sud e da Est a Ovest, rapportandoli alla posizione di Venere, a quella delle Pleiadi e alla costellazione di Gemini e così verrai a sapere l'ora."

Poi gli parlò del sole, spiegandogli quanta influenza avesse sul ciclo della fecondità dell'uomo e degli animali spiegandogli che dal sole dipendeva la vita della terra e la sua distruzione.

Infine un giorno gli mostrò quello che solo i sacerdoti di lignaggio più alto conoscevano: simboli conosciuti come il segreto del Drago.

Questi simboli erano scolpiti su nove piccole pietre quadrate che si incastravano con precisione nell'ultimo gradino che portava alla terrazza del tempio ma solo il Gran Sacerdote sapeva qual' era la loro posizione esatta, infatti normalmente i gradini erano incastrati a caso, in una posizione non corretta.

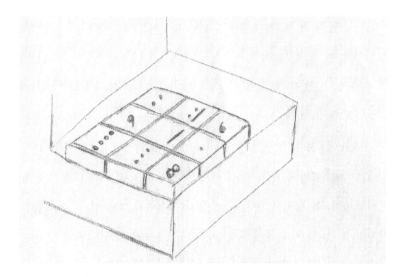

Quindi mostrò al giovane come inserirli nell'esatta posizione e poi li incastrò nuovamente a caso.

"Sarà l'ultimo segreto che imparerai"

A due anni di distanza Tsik era ormai diventato il braccio destro di Manao e la sua sposa aveva già dato alla luce un bimbo chiamato Chihuà.

La nascita di un bambino era un grande impegno poiché, una volta sicuri che il neonato stava bene, doveva iniziare il trattamento per renderlo bello e simile agli dei e bisognava quindi fasciare strettamente la sua testa tra due assi per rendere il cranio allungato e il giovane aiutava ogni giorno la brava Ixo in questo compito.

Quando i pianti del figlioletto li lasciavano tranquilli i due trascorrevano il tempo a scambiarsi effusioni e si scambiavano anche le conoscenze che i rispettivi ranghi di appartenenza avevano comportato, col risultato che la figlia del Sacerdote si rendeva conto ogni giorno di più di essere accanto ad un uomo di notevole intelligenza e di grande coraggio.

Dal canto suo l'uomo si era reso conto della difficoltà a governare la città di Palenque in un momento così difficile, anche perchè il popolo dei Toltechi, loro confinanti, stava combattendo una guerra fratricida e alcune bande di guerrieri in fuga erano entrate nei territori dei Maya, facendo razzia nei piccoli villaggi.

Ogni giorno a Palenque arrivavano alla spicciolata gruppi di contadini per rifugiarsi nella città e i nobili, per nulla esperti nell'arte della guerra, non sapevano come comportarsi chiedendo continuamente che si facessero sacrifici per ingraziarsi le divinità.

Manao, pur essendo legato alle tradizioni, capiva però che non era questo il modo di risolvere il problema dei Toltechi, coi quali forse conveniva fare alleanza, e decise pertanto di proteggere la città con numerose postazioni di vedetta, ciascuna presidiata da una cinquantina di guerrieri.

Per non inimicarsi i nobili decise inoltre di sacrificare alcuni prigionieri nel grande cenote Sacro, il pozzo naturale alimentato da una sorgente sotterranea situato nella giungla vicino alla città.

Cogliendo l'occasione della fine dell'anno, Il giorno 16 del mese XUL, in una notte di luna piena venne acceso un grande fuoco vicino al cenote e intonando canti i prigionieri vennero sacrificati e gettati nel cenote assieme a offerte di cibo, gioielli e piccoli vasi, mentre la gente veniva stordita offrendo vino a volontà.

79

La cerimonia proseguì per cinque giorni, durante i quali il popolo, come voleva la tradizione, si disfava degli oggetti vecchi, come gli utensili di casa, per dimenticare lo sfortunato anno giunto al termine. Subito dopo, il giorno 1 del mese di POP, venne celebrata la festa di inizio del nuovo anno e in questa circostanza Manao parlò al popolo rassicurandolo e promettendo un buon raccolto poiché c'erano segni rassicuranti che gli dei avevano accolto le loro offerte.

Dopo aver calmato la sua gente riunì i nobili nella sua casa chiamando anche Tsik, fino ad ora rimasto in disparte e il giovane riferì a tutti che le vedette lo avevano informato di un grosso assembramento di Toltechi accalcato ai confini delle loro terre.

"Questo significa guerra, ma possiamo tentare ancora di evitarla offrendo una parte della nostra terra in cambio della pace".

Con queste parole il Gran sacerdote si rivolse ai nobili, la cui unica paura era quella di perdere le loro ricchezze ma tra di loro non c'era uniformità di pensiero, per cui decise di prendere in mano la situazione e di agire rapidamente.

Rimasto solo con Tsik gli chiese di accompagnarlo nella foresta, al cenote, poiché doveva fare una offerta estrema agli dei: salì all'ultimo gradino del tempio ed estrasse i nove cubi di pietra con i simboli del drago poi insieme uscirono da Palenque.

Arrivati al bordo del cenote Manao intonò un canto di offerta, poi con un coltello di ossidiana si praticò una incisione sulle braccia lasciando colare il sangue nella profondità del pozzo e infine vi gettò dentro i cubi di pietra.

Terminata l'offerta i due rientrarono in città e Tsik venne incaricato di andare incontro ai Toltechi con un manipolo di guerrieri e di offrire loro la pace in cambio di una convivenza pacifica.

La sera stessa il giovane partiva e dopo tre giorni di cammino era in vista del piccolo esercito Tolteco e fattosi condurre di fronte al capo dei bellicosi guerrieri gli riferiva la proposta Maya ricevendo la risposta sperata.

Tornato a Palenque Tsik raccontò a Manao quello che aveva visto: i Toltechi erano molti e ben armati e la decisione di pace era stata sicuramente saggia ma il Gran Sacerdote sapeva che scendere a patti era stato un segno di debolezza e che questi erano i primi segnali del declino dell'impero Maya, come le stelle avevano previsto.

Capitolo 11.
Terrasanta-A.D.1179-dopo la distruzione del Guado di Giacobbe

Dopo la distruzione di Ascalona nel 1153 da parte dei cristiani e la sconfitta dei musulmani la pace tra i due eserciti in Terrasanta sembrava potesse durare, ma vent'anni dopo nel 1174, l'esercito musulmano riorganizzatosi sotto la guida di Salah-al Din ,il Saladino, entrava a Damasco per poi conquistare Homs e Aleppo.

Pertanto nel 1178 Baldovino III faceva costruire una fortezza chiamata Guado di Giacobbe, affidata ai Cavalieri Templari.

L'anno dopo, il 10 giugno 1179 Baldovino III veniva sconfitto in battaglia a Mesaphat e successivamente veniva conquistato anche il Guado di Giacobbe

"Cercate di resistere Maestro, siamo quasi arrivati al punto d'incontro. Lì troveremo ad aspettarci Gerard con i nostri fratelli e potrete avere le cure necessarie; la ferita non è grave anche se avete perso molto sangue".

Detto questo l'uomo scese da cavallo appena in tempo per prendere il suo compagno che stava cadendo svenuto dalla sella.

Lo sdraiò a terra e sfasciò la ferita, tamponata in qualche modo, che attraversava tutta la coscia: il sangue continuava ad uscire copiosamente per cui decise di fare l'unica cosa possibile: cauterizzare la ferita approfittando dello stato di incoscienza del suo superiore.

Accese un piccolo fuoco a ridosso di una roccia ,sperando che il fumo non venisse avvistato dai musulmani e lasciò il pugnale dentro le fiamme fino a quando la lama fu diventata incandescente, poi con decisione, la appoggiò a piatto sulla ferita.

L'uomo ebbe un sussulto ed emise un grido, poi svenne nuovamente.

Antoine cercò di fasciare la gamba al meglio, tagliando lunghe strisce dalla sua tunica, poi, resosi conto che l'emorragia si era fermata, si alzò in piedi con un sospiro guardandosi intorno preoccupato.

I loro cavalli non sembravano dare segni di irrequietezza per presenze estranee, pertanto decise di riposare un po' in attesa dei suoi confratelli.

81

Sdraiandosi il pensiero andò alle ultime ore di furiosa battaglia con i musulmani al Guado di Giacobbe, una fortezza ritenuta inespugnabile e che invece era crollata sotto la furia dei guerrieri di Saladino, ansiosi di vendicarsi della strage fatta dai cristiani vent'anni prima ad Ascalona.

Quella battaglia sembrava aver dato inizio ad un periodo di relativa pace tra cristiani e musulmani, ma l'ascesa di Saladino aveva rimesso tutto in gioco e riattizzato l'antica rivalità.

"Così il giuramento dei guardiani del Tempio non consentirà mai di arrivare ad una pace duratura" pensava Antoine, e il compito suo e degli altri cavalieri templari non sarebbe mai terminato, ma d'altro canto erano molte le reliquie da proteggere a costo della vita e da trasferire al più presto in un paese cristiano.

Nella fortezza del Guado c'erano alcuni tesori tra cui l'anello di re Salomone, ma purtroppo il suo gruppo non era riuscito a nasconderli in tempo perché erano stati tagliati fuori dagli altri durante l'ultimo violento assalto.

A quel punto Bernard il suo maestro era corso nella stanza segreta ed aveva preso l'anello mettendolo nella sacca legata alla cintura, poi si era fatto strada come un leone, seguito da Antoine, riuscendo a mettersi in salvo fuori dalle mura.

Avevano disarcionato due musulmani ed erano partiti a spron battuto diretti a Gaza, così come si erano accordati di fare in caso di sconfitta.

Nei pressi di quella cittadina avrebbe dovuto esserci da alcuni giorni il fratello Gerard, mandato lì per approntare una nave con cui partire alla volta della Francia.

Alcuni guerrieri del Saladino avevano però visto i due fuggitivi e ingaggiato con loro un combattimento durante il quale il Maestro aveva ricevuto un fendente di lancia alla coscia.

"Tutto per un maledetto anello "fu il pensiero ad alta voce di Antoine, a cui fece eco la voce fioca del Maestro: "Non è un semplice anello! E' l'anello di re Salomone, lo scudo di David.

Esso è in grado di difendere il saggio dai demoni con la forza di mille Angeli! E comunque fa parte di ciò che abbiamo giurato di proteggere".

Antoine a quelle parole si alzò e corse a fianco del compagno, senza dire nulla, ma felice in cuor suo, di sentirne la voce.

"Come vi sentite?" "Meglio, ma quanto tempo sono rimasto incosciente?" "Quasi sei ore e per il momento nessuno si è visto e anche i cavalli sono tranquilli".

"Conviene partire, perché sicuramente i saraceni batteranno tutta la zona e sai bene che se ci sorprendono verremo torturati e quel che è peggio, ci porteranno via l'anello".

"Come volete Maestro, ma prima bevete un pò d'acqua, e mangiate un pezzo di pane, perché avete perso molto sangue".

Il Maestro annuì e fece per salire in groppa al suo cavallo quando si sentì rumore di cavalli spronati al galoppo e i due scorsero alcuni cavalieri venire nella loro direzione.

Per buona sorte il vessillo con la croce di Cristo ,per quanto troppo visibile in circostanze come quelle, li tranquillizzò ed essi in breve furono faccia a faccia con il confratello Gerard a cui raccontarono la caduta del Guado di Giacobbe e il massacro dei Templari.

Dal canto suo Gerard, raccontò di essersi scontrato con un gruppo di saraceni, e di aver perso dieci uomini, ma il pericolo non era passato, perché bande di guerrieri scorazzavano da Haifa a Gaza e la notizia della caduta del Guado era arrivata ovunque.

Nel frattempo il sole era ormai calato e il gruppo decise di aspettare che fosse notte piena per partire alla volta di Gaza.

Venne disposto un ampio cerchio di sentinelle intorno al piccolo campo improvvisato e Bernard ne approfittò per riposarsi ancora un poco, mentre Antoine si sdraiò al suo fianco.

Dopo circa un'ora le sentinelle diedero l'allarme e tutti si prepararono a combattere, ma grande fu la gioia nel veder arrivare una decina di templari, stanchi ma in buone condizioni che raccontarono le ultime ore della fortezza.

Le atrocità commesse erano state molte e i templari sopravvissuti erano stati giustiziati dopo aver subìto torture e i loro corpi erano stati straziati anche da morti.

L'unico prigioniero era il Gran Maestro Eudes de Saint-Amand , tenuto vivo per ottenere un riscatto.

A udire il nome dell'amico, Bernard ebbe un sobbalzo e chiese a quei soldati se erano sicuri delle loro affermazioni ed essi raccontarono che, resisi conto di non poter fare più nulla per difendere la fortezza, si erano nascosti dietro ad alcune macerie sotto cui era possibile celarsi.

Da lì avevano visto portare via i tesori tra cui una sacra Torah, mentre durante la cattura del Gran Maestro avevano visto strappargli di mano dei rotoli di pergamena con i quali, poi, gli avevano percosso il viso.

La commozione prese tutti i presenti a quel racconto, ma la manifestarono solo con pugni chiusi e qualche lacrima a stento trattenuta.

"Dobbiamo salvarlo" furono le parole dopo un lungo silenzio.

A pronunciarle era stato Bernard che subito venne bloccato da Antoine "Maestro nelle vostre condizioni non potete fare molto e poi avete bisogno di riposo".

" Ma tu verrai con me assieme ad altri due volontari. Il Gran Maestro è come un fratello: siamo nati a Clermont nello stesso quartiere e siamo cresciuti insieme, condividendo anche la sorte di Cavalieri del Tempio, giurando fedeltà alle Regole e io non posso e non voglio lasciarlo languire in una prigione saracena in attesa di un riscatto che non verrà mai pagato!."

A queste parole Antoine abbassò la testa in segno di obbedienza e si pose accanto al Maestro; lo stesso fecero altri due templari, poi Bernard tenendo la spada in mano dalla parte della lama e usandola come croce benedisse i suoi uomini nel nome di Cristo e della Vergine Maria.

Prima di montare a cavallo Bernard consegnò a Gerard il sacchetto contenente l'anello dicendogli:" questo è uno degli oggetti che abbiamo giurato di proteggere. Conservàtelo voi fino al mio ritorno e, se dovessi morire in questa impresa, datelo ad Antoine; farò in modo che almeno lui riesca a tornare vivo.

In caso contrario pensateci voi e portatelo dove sapete.

Ci troveremo tra un giorno alla nave e se non dovessimo essere puntuali fate vela verso la Francia senza aspettarci"

I loro compagni li osservarono allontanarsi per un attimo, poi partirono anch'essi diretti alla nave.

Bernard e i suoi cercarono di avanzare il più rapidamente possibile sfruttando il buio della notte e dopo sei ore arrivarono nei pressi della fortezza.

Alle prime luci dell'alba si poteva ancora scorgere il bagliore di qualche fuoco d'accampamento che stava consumandosi, colonne di fumo alzarsi dalle rovine del Guado e qualche bagliore di incendio ancora divampante, ma per il resto dominava il silenzio perché tutti ancora dormivano.

Bernard ordinò ad Antoine di rimanere con i cavalli malgrado le sue vivaci proteste, affidandogli la custodia dell'anello in caso di sua morte, e il giovane lo osservò con apprensione mentre avanzava con gli altri attraversando furtivamente l'accampamento che circondava la fortezza per poi entrare da una grossa breccia.

All'interno tutte le costruzioni erano crollate, tranne la gendarmeria e fuori dalla porta semiscardinata due guardie addormentate erano appoggiate al muro .

"Deve essere lì dentro" esclamò Bernard con la voce rotta dall'emozione "e dobbiamo cercare di eliminare le guardie senza far rumore. Ce ne occuperemo noi "furono le parole rivolte ad uno dei soldati.

I due si avvicinarono mettendo fuori combattimento contemporaneamente le due guardie ed entrarono adagio nella gendarmeria.

Dentro c'era un'aria pesante e il pavimento in terra battuta smuoveva una polvere che rendeva ancor più difficile distinguere le sagome al buio ma si riusciva comunque a vedere una figura sdraiata a terra.

Bernard si avvicinò chiamando a bassa voce il Gran Maestro, che si svegliò sbottando in un" Mon Dieu ! " di stupore, nel riconoscere l'amico, e poi si alzò a fatica mostrando le caviglie legate con una grossa corda ad uno dei cardini della porta, corda che venne subito tagliata.

"Voi siete pazzi non riusciremo a fuggire" furono le flebili parole pronunciate dal Gran Maestro.

Venne aiutato ad uscire, poi i due soldati si incaricarono di sostenerlo mentre rifacevano il percorso a ritroso per uscire dalla zona pericolosa.

Fermandosi a tratti e riparandosi il più possibile dietro le tende dei saraceni addormentati, riuscirono ad arrivare vicino al limitare del campo, ma incrociarono un soldato musulmano che si era alzato per pisciare e costui diede l'allarme.

In pochi istanti i templari vennero catturati, i due soldati uccisi e Bernard ferito a morte, mentre il Gran Maestro venne spinto a terra a faccia in giù.

Prima di morire Bernard fece in tempo a gridare all'impietrito Antoine, che osserva da lontano "l'anello, custodiscilo nel nome di Dio!" poi cadde a terra senza vita.

Antoine montò in fretta a cavallo ,tenendo gli altri per la briglia, per cambiarli di volta in volta durante la cavalcata ,in modo da aver sempre un cavallo più fresco per riuscire a sfuggire agli inseguitori, che ,organizzatisi, gli stavano già alle calcagna.

Essendo ormai giorno il terreno era ben visibile e i cavalli non facevano fatica a mantenere la loro corsa, e per il giovane templare era un grande vantaggio poter disporre di altre tre cavalcature; in tal modo, cambiando cavallo ,quando quello su cui era in groppa era allo stremo, la distanza sugli inseguitori si allungò fino a che questi non desistettero e il templare scomparve definitivamente alla loro vista.

Quando fu sicuro di non essere più inseguito l'uomo rallentò l'andatura per risparmiare le energie del destriero e puntò deciso verso Gaza.

Arrivato alla spiaggia nel punto concordato, vide subito la piccola e veloce nave con il vessillo templare lì ancorata e, a terra, una decina di uomini accanto a una barca.

Riconobbe Gerard e si diresse quindi verso di lui, che, al vederlo da solo, immaginò quanto era successo e non gli rivolse nessuna domanda.

"E' morto da eroe, ucciso senza pietà cercando di salvare il suo migliore amico e io non ho potuto far niente, perché mi aveva ordinato di tenere i cavalli ed ero troppo distante da lui!"

"Lo sapeva ,ma ti voleva vicino senza metterti in pericolo; voleva che tu ti salvassi per portare in salvo l'anello e l'ha dato a me prima che voi partiste in modo che te lo consegnassi adesso, perché tu lo protegga fino a quando non saremo al sicuro in Francia.

Lì dovrai consegnarlo a chi tu sai perché sia messo definitivamente al sicuro".

Antoine prese in mano il sacchetto di pelle ed estrasse l'anello e osservandolo ebbe un brivido:" Questo oggetto apparteneva a un grande re, un saggio.

Se egli vi riponeva tanta fede nella lotta contro il male, significa che ha un valore enorme e va custodito nel nostro tempio e lì io lo porterò."

Il gruppo di soldati salì sulla barca ,che ,in breve affiancò la nave dove tutti salirono in fretta.

Quando la nave salpò un gruppo di marinai era ancora intento a sollevare la scialuppa a bordo e un grido della vedetta li avvisò che un gruppo di nemici a cavallo, forse gli stessi inseguitori di Antoine, stava arrivando alla spiaggia, ma ormai la nave era fuori tiro e le inutili frecce scagliatele contro caddero in acqua.

Quella notte quasi nessuno dei soldati riuscì a prendere sonno per le gravi vicende degli ultimi giorni, ma all'alba un temporale improvviso agitò le acque del mare facendo dimenticare per un poco quello che era successo; poi il mare tornò calmo e la navigazione proseguì senza problemi.

Dopo alcuni giorni avvistarono le coste della Francia e infine il porto di Marsiglia.

All'attracco della nave subito una delegazione di confratelli si avvicinò, mentre la gente si accalcava per vedere curiosa i guerrieri venuti dalla Terrasanta; ma lo spettacolo che si offriva ai loro occhi era quello di uomini duramente provati, che solo negli occhi avevano a tratti un lampo di fierezza.

Antoine scese dalla nave e facendosi riconoscere dal capitano dei confratelli, si fece portare alla loro gendarmeria per conferire col comandante.

Trovò un uomo non più giovane ,appesantito dall'inattività, che si dimostrò bendisposto a dargli una scorta per arrivare fino a Sainte Eulalie de Cernon, attuale sede della confraternita.

Il comandante della gendarmeria non fece domande ben sapendo che coloro che provenivano da Gerusalemme erano dei privilegiati a cui nulla si poteva negare e andava offerto loro ogni aiuto.

Il giorno seguente Antoine partì con la sua scorta di dieci cavalieri templari, mentre una staffetta veniva mandata avanti per avvisare il Gran Maestro del suo arrivo.

Durante il viaggio il giovane continuava a pensare al suo amico Bernard, morto per difendere l'anello e stringeva con forza il sacchetto che lo conteneva per confermare a se stesso di essere disposto a fare altrettanto e, quando finalmente dopo alcuni giorni arrivarono al castello, la tensione si sciolse con un sospiro di sollievo.

Venne condotto subito al cospetto del Gran Maestro a cui raccontò come era stato preso prigioniero Eudes de Saint Amand, e come era morto Bernard, poi gli consegnò la reliquia.

L'uomo osservò l'anello con molta attenzione: sul castone era impresso il disegno di una stella a sei punte e su tre di esse erano incisi altrettanti simboli, ma questi non si illuminarono di luce divina quando egli indossò l'anello, né gli suggerirono un significato, dunque si sfilò l'anello dal dito con un sospiro e lo ripose nel sacchetto, poi fece cenno ad Antoine di andarsene e, quando rimase solo, spinse un piccolo mattone effigiato col volto di grifone e subito si aprì una porta nel muro.

All'interno numerosi scalini che scendevano verso il basso, illuminati da lampade a olio, portavano ad una sala molto grande in cui erano riposti con ordine innumerevoli tesori che brillavano alla luce di altre lampade.

Su un tavolo di legno grezzo, accanto ad un calice di metallo, pose l'anello poi uscì dalla stanza.

Quella notte per la prima volta Antoine riuscì a dormire e sognò il viso di Bernard che gli sorrideva senza dire nulla, come per ringraziarlo di aver portato a termine la sua missione.

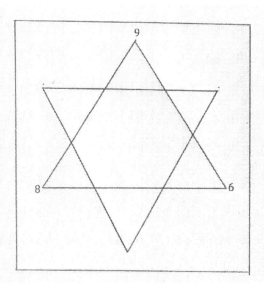

Capitolo 12

"Finalmente a casa". Questo pensiero agitava la mente di Marco, tormentato dalla voglia di tornare nella sua Venezia dopo diciassette anni di assenza, resa opprimente dalla volontà di Kubilai Khan di trattenerlo controvoglia per le sue grandi capacità.
Marco ritornava nella città che aveva lasciato da ragazzino per iniziare una meravigliosa avventura con il padre Niccolò Polo e lo zio Matteo, colpevoli di averlo fatto sognare col racconto del loro primo viaggio sulla via della seta.
Partito con loro nel 1271 aveva attraversato l'Anatolia e l'Armenia, poi lungo il fiume Tigri, passando per la Persia e il deserto dei Gobi aveva raggiunto il confine del Catai e da lì, seguendo il fiume giallo erano arrivati a Khanbalik (l'antica Pechino)dopo un viaggio di tre anni e mezzo.
Arrivato nel Catai Marco aveva ottenuto i favori di Kubilai Khan diventando prima suo consigliere e poi ambasciatore.
Ora finalmente, nell'anno di grazia 1295 stavano tornando a Venezia via mare con una flotta di quattordici navi dopo essere salpati dal porto di Zaitun nel 1292.
Aveva compiuto il suo trentaduesimo anno viaggiando per mare e sognando il ritorno.
La notte calò sull'adriatico mentre nella mente del giovane veneziano riaffioravano questi ricordi e non potè fare a meno di guardare la sua piccola flotta che trasportava merci così preziose che nessuno avrebbe mai potuto immaginare, dal liquido nero che prende fuoco alla polvere che si incendia.
Guardò in alto la vedetta di coffa, dove un giovane di Chioggia di nome Bartolomeo canticchiava le strofe di una canzone popolare per rimanere sveglio ed essere il primo ad avvistare il campanile di San Marco.

Il giovane, come tutti era ansioso di riabbracciare la sua famiglia e poi sperava di ritrovare ancora libera Caterina la sua amorosa di un tempo; per questo fremeva dalla voglia di vederla.

Anche Marco era ansioso di rivedere i suoi parenti ma più di ogni altra cosa voleva incontrare l'amico Alvise compagno di giochi e di fantasticherie di un tempo, per raccontargli un segreto entusiasmante.

Alle prime luci dell'alba la galera di testa segnalava con le bandierine che il campanile di San Marco era in vista e contemporaneamente anche Bartolomeo dalla coffa della sua nave urlava: "San Marcooo".

A quel grido tutti si portarono a prora e si arrampicarono sulle sartie per guardare la loro città, indicandola contemporaneamente col dito, mentre il nodo alla gola si scioglieva finalmente in singhiozzi di felicità.

Le lacrime di gioia si mischiavano agli spruzzi del mare solcato dalle galere che provocavano una schiuma bianca che si dissolveva subito, come se volessero anch'esse arrivare in fretta e riposare accanto alle nere gondole che danzavano un rollìo continuo quasi fremendo nell'attesa di ascoltare, una volta arrivate, il racconto del lungo viaggio direttamente dai legni bagnati degli scafi.

Finalmente le navi attraccarono a Venezia; la prima fu quella dei Polo e venne subito gettata l'ancora e fissata la passerella.

Le ginocchia dei marinai erano rigide a terra dopo una navigazione così lunga ma l'ansia di vedere l'amico fece compiere a Marco un balzo a terra che quasi lo fece cadere, mentre i primi mercanti e i curiosi si avvicinavano a vedere: "chi zei? ricchi mercanti foresti".

Frasi pronunciate senza aver ancora riconosciuto i loro concittadini.

Malgrado avesse fretta Marco venne richiamato dalla voce di suo padre che lo richiedeva sul ponte: prima di tutto dovevano dare disposizioni per portare il prezioso carico a terra poi dovevano andare dai loro parenti.

Il giovane esploratore acconsentì di malavoglia e dopo aver sbrigato le necessarie operazioni alla dogana, assieme al padre e allo zio andò a far visita ai parenti, che, per la verità, in un primo momento non li riconobbero neppure, ma intuendo che erano diventati ricchi, superarono questo piccolo ostacolo.

Proprio per questo Marco non vedeva l'ora di andarsene e quando arrivò il momento corse attraverso le calli verso la casa dell'amico Alvise.

Al momento di bussare la porta si aprì e ne uscì proprio quello, che, dopo un attimo di stupore, lo riconobbe e lo abbracciò forte, invitandolo ad entrare.

"Non sai cossa ho potuto veder: meraviglie, che anche n'ialtri n'avemo, ma là son molte; e invenzioni che ti dirò, e stoffe ancor più belle di quelle portate la prima volta, ma..."

A questo punto Marco si interruppe e, guardandosi intorno per rassicurarsi di non essere visto, estrasse dal vestito un contenitore di bambu cilindrico, chiuso da un tappo.

Dal suo interno tolse un foglio, all'apparenza una antica pergamena e lo spianò sul tavolo.

Sembrava davvero molto vecchio, e in alcuni punti rovinato, ma si poteva vedere bene quello che c'era sopra: vi era disegnato un quadrato con alcuni simboli e un certo numero di punti.

Alvise guardò l'amico con aria interrogativa e allora Marco gli spiegò: "E' un dono di Kubilai Khan in persona, che mi ha voluto ricompensare per la mia divozione...ze una pergamena molto antica e strana perché alcuni numeri sono scritti bene come fasemo noi, ma altri sono scritti come dei punti; e la cosa curiosa è che se li conti, numeri e punti, in su e in giù, ma anca per diagonale, danno per risultato il numero 15. "

vedi fig 6.

91

"Ma kubilai khan ,molto serio mi ha confidato che questo non è un gioco ma nasconde un grande segreto e me ne ha fatto dono perchè ha molta stima di me e crede che io saprò risolverlo e gliene renderò conto; ma finora io non sono proprio riuscito a capire niente".

Detto questo Marco riavvolse con cura la pergamena e la rimise nel cilindro di bambu, diede una pacca sulla spalla dell'amico e continuò a raccontare in un fiume di parole, le bellezze che aveva visto lungo la via della seta.

Ogni tanto portava la mano al petto, per assicurarsi che il prezioso oggetto fosse sempre lì e per un attimo ammutoliva e gli occhi si perdevano nel vuoto, poi ricominciava a parlare senza interruzione.

Alla una i mori di San Marco annunciarono che era ora di mangiare e i due uscirono di casa per entrare subito dopo in una taverna poco distante dove era possibile mangiare il buon pesce arrosto che tanto era mancato a Marco negli anni trascorsi nel Catai.

Tra un bicchiere di tocai e l'altro gli amici si raccontarono i diciassette anni di lontananza e brindarono alla ritrovata amicizia.

La giornata passò in fretta per i due, che si raccontarono anche di donne e Alvise, soprattutto, chiese all'amico come fossero le donne cinesi: se erano belle, se facevano amicizia facilmente con gli stranieri e se lui stesso aveva goduto dei favori di qualcuna.

Marco ridendo con l'esuberanza dei giovani rispondeva di aver avuto qualche simpatia ma che le donne veneziane restavano le più desiderabili; poi, fattosi improvvisamente serio, raccontò che in Cina c'era l'usanza di fasciare i piedi alle bambine sin dalla nascita e questo causava forti dolori impedendo ai piedi di svilupparsi normalmente.

Una volta adulte il loro incedere era goffo e nel contempo elegante, fatto di corti passetti che le obbligava a stare sempre indietro rispetto ai loro mariti nei riguardi dei quali erano molto ossequiose.

Alvise si mise a ridere, ma l'espressione del viso di Marco sottintendeva che le donne cinesi non erano poi così felici di tali costumi.

All'imbrunire i due si salutarono e Marco si diresse verso casa, dove era atteso dal resto della famiglia, con la quale consumò una rapida cena prima di buttarsi in un sonno profondo.

Quella notte, in un turbinio di sogni, si rivide alla corte del Gran Khan che lo insigniva di onorificenze e gli donava ricchezze e proprietà, poi una grigia alba lo svegliò col suono di una voce insistente e l'odore di pesce della laguna: "Verzi i oci! svegliate!".

Era la voce di suo padre che lo incitava ad alzarsi per andare al dazio a completare le operazioni di dogana, e il giovane, alzatosi svogliatamente, dopo aver bevuto un sorso d'acqua, si vestì seguendo il padre al sestiere.

Nei giorni successivi il tempo trascorse monotono, senza grandi novità, tranne che per l'incontro con altri amici e con due donne curiose che volevano sapere tutto delle donne cinesi, ma le risposte del giovane erano senza entusiasmo, anche perché c'era un chiodo fisso nei suoi pensieri ed era poco interessato a tutto il resto.

Così, tra un'uscita e l'altra trascorse il tempo quasi sempre con l'amico Alvise, a cui rimproverava di non fargli mai conoscere una femmina degna di tal nome.

Una mattina, alcuni mesi dopo il suo ritorno, mentre stava annotando le merci nella bottega del padre, ricevette una notifica dalla capitaneria di porto della città che lo chiamava al servizio marinaro in qualità di comandante di galea per doti ed esperienza acquisita nei suoi viaggi.

Il motivo era la guerra scoppiata contro la città di Pisa a causa degli interessi politici e mercantili, che vedevano contrapposte da parecchi anni le due città marinare.

Marco, per quanto preoccupato, non essendo un militare di carriera, era obbligato ad accettare l'incarico e si presentò all'ammiragliato per ricevere gli ordini che nel volgere di alcuni giorni lo avrebbero visto in guerra.

Quella sera stessa si recò da Alvise per trascorrere con lui gli ultimi momenti sulla terraferma alla solita taverna mangiando buon pesce e bevendo buon vino.

Le alzate di bicchiere furono però troppe e in breve Marco era già ubriaco e, col capo riverso sul tavolo, a malapena riuscì a rendersi conto che un gruppo di armigeri veniva verso di lui e lo sollevava trasportandolo via dopo che uno di essi aveva pronunciato delle frasi incomprensibili.

Piombato in un sonno pesante, Marco si svegliò il mattino dopo in una cabina su una branda cigolante e capì dal beccheggio di essere a bordo di una nave.

Il silenzio intorno a lui era rotto da una voce che ogni tanto dava ordini e quel suono gli fece aumentare il mal di testa e la nausea.

93

Aprì e chiuse più volte gli occhi per rendersi meglio conto di dove si trovava poi, con uno sforzo che quasi lo fece vomitare si mise dapprima seduto e infine si alzò barcollando.

Si diresse verso la scaletta che portava sovracoperta e salì all'aperto: la nave era in alto mare e sul ponte il suo comandante in seconda lo accolse con un saluto militare a cui rispose a malapena con un cenno del capo, poi diede un'occhiata intorno, mentre l'equipaggio lo guardava in silenzio aspettando un suo ordine.

La nausea però era forte e rendendosi conto di non essere al momento indispensabile, lasciò temporaneamente il comando al suo secondo ridiscendendo in cabina dove si sdraiò riaddormentandosi subito.

Il mattino dopo si svegliò affamato e lucido e subito il pensiero andò alla pergamena: infilò la mano sotto sotto il giacchino che indossava già da alcuni giorni, senza trovarla.

Trafelato guardò sotto la coperta, sotto la branda e tutto intorno, ma senza risultato.

Un nodo lo prese alla gola cercando di immaginare come poteva essere andata persa ma i pensieri vennero interrotti dalla voce del secondo che lo richiamava sul ponte: l'isola di Curzola era in vista e così pure le navi nemiche battenti bandiera pisana.

In poco tempo le due flotte nemiche furono a contatto e le catapulte e le balestre cominciarono a creare i primi danni sui ponti delle navi.

Il rumore dei legni delle fiancate che strisciavano le une contro le altre e il rumore del fasciame che si spezzava nell'urto si mescolava con le urla dei feriti e lo sciabordio dell'acqua, mentre le prime navi cominciavano a bruciare colpite dal fuoco greco.

Un paio di galere stavano già affondando avvolte dal fuoco inestinguibile e da un fumo acre e denso, mentre i marinai si gettavano in acqua per non morire bruciati rischiando ugualmente la vita.

Marco ,brandendo la spada, lanciava ordini ai suoi, mentre la nave stava subendo un abbordaggio, ma l'albero di maestra, colpito da una bordata con una palla infuocata cominciò a prendere fuoco e con esso le sartie disegnando una fiamma saettante fino alla coffa e obbligando la vedetta a saltare in acqua.

Il giovane veneziano era inebetito, fermo sulle gambe, mentre osservava la sua nave, distrutta in un attimo, che cominciava ad imbarcare acqua e i suoi marinai tuffarsi.

In quel momento dall'albero si staccò un pennone trascinando alcune corde e una di queste colpì alla testa Marco che cadde tramortito ma il suo ufficiale resosene conto se lo caricò in spalla gettandosi in mare.

L'acqua fredda lo fece rinvenire; dopo un attimo di smarrimento cominciò a nuotare e guardandosi intorno vide la flotta veneziana sconfitta e la sua nave affondare, poi scorse una barca pisana diretta verso di lui e il suo ufficiale e due braccia lo aiutarono ad uscire dall'acqua spingendolo sul pavimento dell'imbarcazione.

Affranto Marco scoppiò a piangere ripensando agli ultimi mesi, a quanto era felice e stimato mentre ora era prigioniero, senza più possedere niente, sbattuto in una nuova realtà sul pavimento di una barca nemica, infreddolito e bagnato.

Capitolo 13

America-1874

Il calore nella tenda del sudore era molto forte e Yakima versò un altro mestolo d'acqua sulle pietre bollenti, facendo sprigionare una nube di vapore intenso, poi si accovacciò a terra , staccò col coltello un pezzetto di peyote e iniziò a masticarlo lentamente, deglutendo appena e rimanendo immobile.

Fuori dalla tenda il suono ritmico del tamburo sacro era accompagnato dalla cantilena degli anziani della tribù che pregavano il Grande Spirito di ascoltarli.

La testa cominciò a girare e le visioni si fecero chiare, e l'uomo iniziò a vedere attraverso gli occhi del Grande Spirito, abbandonando a terra il peso del suo corpo, diventato leggero mentre lui correva per le grandi praterie e volava anche, come un'aquila che scruta dall'alto.

E' così che la mente guardava le cose attraverso gli occhi di Wakan Tanka, Colui che non si può comprendere.

Yakima sognò per quattro giorni e quattro notti nella capanna del sudore e quando Wakan lo lasciò restituendo ai suoi occhi la luce terrena, questi occhi avevano anche la capacità di interpretare perchè avevano guardato attraverso gli occhi del creatore.

Contemporaneamente anche il tamburo sacro smise di suonare.

Dopo qualche istante lo sciamano uscì dalla tenda e si sedette subito fuori respirando profondamente.

Gli anziani del villaggio, in silenzio, ripresero a suonare i tamburi per chiamare a raccolta la tribù che si dispose in cerchio attorno alla capanna sacra, poi Yakima, mostrando il peyote, cominciò a parlare: "Quest'erba non ha bocca ma mi ha detto molte cose; essa mi ha nutrito e dissetato per quattro giorni e quattro notti e ha permesso ai miei occhi di guardare attraverso gli occhi del grande spirito e attraverso di essi io ho visto.

Quando il creatore fece la terra fu come se avesse spiegato un immenso telo: sopra ci mise gli indiani.

Furono creati qui, parola d'onore ,e ciò accadeva al tempo in cui questo fiume iniziò a scorrere.

Poi creò i pesci di questo fiume e mise i daini nelle montagne e fece leggi che permisero ai pesci e alla selvaggina di proliferare.

Poi il creatore ci diede la vita e ogni tanto si mostra a noi sotto forma di un grande bufalo bianco.

Oggi danzeremo la danza del sole e dopo la danza io ripenserò bene alle mie visioni e poi saprete dalla mia bocca quello che il Grande Spirito vuole"

Un coro di grida accolse le parole di Yakima, poi vennero preparati i legni per la danza del sole; a questi dovevano appendersi i guerrieri con strisce di pelle di bufalo legate a spine passanti attraverso i loro muscoli pettorali.

La danza del sole iniziò dapprima a ritmo veloce, poi sempre più lento per la stanchezza e il dolore degli adepti e proseguì per molte ore fino a che la pelle dell'ultimo guerriero non si fu lacerata lasciandolo cadere esausto a terra.

Solo allora i tamburi smisero di suonare e Yakima scuotendo verso l'alto il bastone con i sonagli, entrò nella sua tenda e, dopo aver bevuto abbondantemente si addormentò di sasso.

In sogno rivisse le visioni avute nella capanna del sudore e rivide l'immagine ricorrente del quadrato con i numerosi segni, che portava dipinto sulla striscia di pelle legata alla sua cintola.

Così al risveglio uscì nuovamente dal tepee e davanti a tutta la tribù riferì il sogno fatto.

"Come un'aquila ho volato in alto e vedevo me stesso nella prateria; ad un tratto la terra ha tremato sotto gli zoccoli di una grande mandria di bufali che mi è passata davanti inseguita dagli uomini bianchi che sparavano coi loro fucili.

Tutto questo è continuato fino a quando la mandria non è stata sterminata e sulla terra venivano lasciate a marcire le carcasse dei bufali morti.

Il bufalo dà tutto a noi indiani: cibo con la carne, calore con la sua pelle, corde per gli archi con i tendini, otri per l'acqua con la vescica, ma i bianchi invece usano solo poca carne e il resto diventa cibo per le mosche.

La visione significa che il popolo degli uomini è minacciato da un altro popolo più numeroso del nostro, che non rispetta le leggi del creatore e vuole tenere per se tutta la terra e per farlo, uccide i bufali in modo crudele, lasciandoli marcire mentre la nostra gente ha fame.

Poi Yakima ha visto anche una donna molto bella venire a piedi verso di lui e porgendogli la sacra pipa essa ha indicato le quattro direzioni. Indicando la sacra pelle di bufalo ha voluto ricordarci che su di essa è scritto quello che non dobbiamo dimenticare poi se ne è andata scomparendo in una nuvola.

Sono certo che la visione si riferiva alla storia, così come ci è stata tramandata, della donna Bufalo Bianco che in tempi remoti mostrò alla nostra gente come usare la sacra pipa prima di regalarla a Corno Vuoto Eretto.

Essa riempì la pipa con tabacco di corteccia di salice rosso e girò attorno alla tenda per quattro volte, secondo l'usanza del grande sole, simbolizzando il circolo senza fine, il sacro anello, la strada della vita, poi la donna mise un po' di sterco secco di bufalo nel fuoco e con quello accese la pipa.

Questo era il fuoco senza fine, la fiamma che doveva passare di generazione in generazione; poi disse loro che il fumo che si levava dal fornello era il respiro vivente del grande antenato misterioso.

La donna Bufalo Bianco insegnò alla nostra gente come pregare in modo corretto e le parole e i gesti appropriati e insegnò come cantare la canzone del caricamento della pipa e come alzare la pipa al cielo, verso il grande padre, giù verso la grande madre terra, e poi verso le quattro direzioni dell'universo."

"Con i vostri piedi appoggiati sul terreno e con il cannello della pipa rivolto al cielo, il vostro corpo formerà un ponte vivente tra il sacro lassù e il sacro laggiù, perchè noi ora siamo una cosa sola :la terra ,il cielo e tutte le cose viventi".

"Tutte le parti della pipa hanno un significato: la pietra del fornello rappresenta il bufalo, ma anche la carne e il sangue dei pellerossa; il bufalo rappresenta l'universo e le quattro direzioni, perchè sta su quattro zampe, in quanto furono quattro le età della creazione.

Ogni anno egli perde un pelo e in ognuna delle quattro età perde una zampa.

Il sacro cerchio finirà quando il grande bufalo avrà perduto tutti i peli e le zampe e le acque ritorneranno a coprire la terra.

Il gambo legnoso della pipa rappresenta tutto ciò che cresce sulla terra e le dodici piume che pendono là dove il cannello si unisce al fornello provengono dall'aquila picchiettata, l'uccello molto sacro che è messaggero del Grande Spirito.

Per ultimo i sette cerchi di diversa ampiezza scolpiti sul fornello rappresentano le sette cerimonie sacre che dovranno essere eseguite con questa pipa e significano pure i sette fuochi sacri degli accampamenti delle tribù Lakota"

"Questo è il significato dei segni sacri dipinti sulla pelle che porto legata ai miei fianchi, pelle di un sacro bufalo bianco che ha voluto morire nel nostro territorio per mostrarci la sua benevolenza.

Su di essa è disegnato tutto quello che bisogna ricordare durante la cerimonia della sacra pipa: le quattro età della creazione e il movimento del sole e della luna che si rincorrono sull'arco del cielo da est a ovest senza mai prendersi e illuminano il giorno e la notte.

Ad essi bisogna guardare.

L'uomo dunque, dopo aver onorato il grande padre creatore e la grande madre terra deve rivolgere la pipa nelle quattro direzioni, ricordando di ripetere sette volte questa cerimonia ,perché questo è il solo modo per trovare la strada della vita, il sacro anello che non finisce mai.

Ora, prima di prendere la grande decisione di dissotterrare l'ascia di guerra contro i bianchi, il consiglio dei capi delle tribù deve fumare in cerchio la sacra pipa.

Il fumo salendo in alto si incontrerà col respiro dell'Antico e la giusta decisione verrà presa"

Questa fu l'interpretazione di Yakima ,che fu l'ultimo pellerossa a possedere il sacro simbolo

vedi fig. 7 sotto :

99

LE QUATTRO ETA' DELLA CREAZIONE	IL MOVIMENTO DEL SOLE 9 EST	IL GIORNO LA NOTTE
GRANDE PADRE UOMO GRANDE MADRE TERRA	NORD OVEST CENTRO EST SUD	I 7 CERCHI CHE ORNANO IL FORNELLO DELLA PIPA, CIOE' LE 7 CERIMONIE SACRE DA ESEGUIRE CON LA PIPA
IL SACRO ANELLO CHE NON 8 FINISCE MAI LA STRADA DELLA VITA	UN SOLO CREATORE	IL MOVIMENTO DELLA LUNA 6 EST

Il giorno successivo a queste visioni un guerriero a cavallo entrò nel villaggio a spron battuto correndo trafelato dal capo Alce Tuonante per riferirgli che molti bianchi sui loro grandi carri stavano attraversando le terre sacre dei sioux.

Il capo fu molto stupito e addolorato ma decise di andare da Toro Seduto per il gran consiglio dei capi della Nazione.

Vi partecipavano tutti i più grandi condottieri, da Cavallo Pazzo a Capo Giuseppe e tutti giudicarono un sacrilegio questo comportamento dei bianchi, lavabile solo col sangue.

Così mentre Cavallo Pazzo affrontava le giubbe blu sulle rive del Rosebud resistendo fieramente, Toro Seduto annientava il generale Custer nella battaglia del Little Big Horn, l'ultima vinta dal popolo degli uomini.

Alla fine di questo memorabile giorno tutta la nazione indiana rialzò con fiero orgoglio la testa in un palpito di speranza per la vittoria, ma era una speranza vana, ben compresa da uomini-medicina ,come Yakima, che sapeva leggere nelle righe del destino e per gli indomabili indiani iniziava la lenta agonìa della sconfitta, segnata dalla comparsa di nuove armi: la mitragliatrice Gatling e il fucile a ripetizione Winchester.

Contro queste armi il coraggio del popolo degli uomini non potè nulla e il loro nobile gesto del tocco, simbolo del coraggio perse il suo significato originale: toccare il nemico con una lancia spuntata arrivando al galoppo diventò solo un rischioso tiro a segno nel quale l'unico a colpire era l'uomo bianco e quando i coraggiosi indiani l'ebbero capito ormai avevano perso ogni cosa diventando i tristi abitanti di ristretti spazi chiamati riserve.

Quando arrivò il triste momento della resa il popolo indiano lasciò sul terreno oltre alle armi, anche ornamenti, pelli dipinte, ornate di simboli, storia delle tribù e del popolo pellerossa, riuscendo a nascondere alla malvagità dell'uomo bianco solo il ricordo struggente delle tradizioni riposto in un angolo della mente e raccontato con tristi canti .L'orgoglio invece andava pian piano affievolendosi.

Capitolo14-
Ai giorni nostri

Nel 1955 due scienziati, Watson e Creek annunciarono al mondo la scoperta entusiasmante del genoma umano, la doppia elica di DNA che sta alla base della vita di ogni individuo.
Da allora la scienza ha fatto passi da gigante nella biologia molecolare e ha permesso la comprensione del fenomeno della vita e della sua evoluzione.
Parallelamente le nuove scoperte in campo tecnologico hanno prodotto radicali cambiamenti nella nostra vita, partendo dal telefono cellulare touch-screen, fino agli schermi ad illuminazione a led ad alta definizione ed agli ologrammi.
Tomografia assiale computerizzata ,Risonanza magnetica e Pet sono gli strumenti diagnostici più usati....

Ottobre 2014
La vita nel monastero Shao-Linn trascorreva serenamente per i monaci che vi abitavano: apparentemente sempre uguale a se stessa, eppure diversa come l'acqua di un fiume che scorre e i monaci trascorrevano la loro giornata in meditazione, girando la ruota della preghiera ed allenando il corpo per arricchire la mente.
Tien-Po stava meditando fuori dal monastero, accovacciato sulla nuda roccia a strapiombo posta sul fianco della montagna e non sentiva il freddo e la fame; nulla lo distraeva.
Era allenato a far questo da anni di meditazione e di preghiera e dall'aiuto di bravi maestri che gli avevano insegnato a distaccarsi dalle cose materiali e dalle paure per poter sviluppare i poteri interiori e

102

ogni volta viveva una esperienza nuova e profonda che lo avvicinava sempre più alla verità suprema.

Ad un tratto un sorriso illuminò il volto del monaco che ebbe una visione: vide davanti a sé un oggetto di metallo, molto grande, luminoso, sospeso nel vuoto, che rimaneva immobile per qualche istante e poi partiva rapidissimo scomparendo in un lampo.

Tien-Po aprì gli occhi e si alzò lentamente dalla sua posizione avviandosi per ritornare al monastero.

Qui chiamò fratello Lobsang comunicandogli che doveva scendere subito a valle per incontrare una persona; poi prese la sua ciotola dell'elemosina, un frutto ,e partì con passo spedito.

Giunto a valle incontrò delle persone che gli offrirono del riso mettendolo con riverenza nella sua ciotola e si fermò a mangiare quel pasto frugale, poi ripartì entrando nella cittadina.

Entrò nell'unica locanda esistente e chiese dello straniero che studiava la loro religione: il proprietario gli indicò il piano di sopra e il monaco salì sulle scale di legno grezzo scricchiolanti ad ogni passo, arrivando davanti ad una porta semiaperta.

All'interno si intravedeva la figura di un uomo con un grosso libro tra le mani e una lente di ingrandimento con la quale guardava delle figure.

Il monaco entrò dopo aver bussato e lo straniero lo accolse con un sorriso: "Entrate Tien-Po sedetevi!"

Sorridendo e facendo segno di no, l'uomo cominciò a parlare: "Oggi durante la meditazione ho visto la grande tartaruga e ho capito che è arrivato il momento di consegnare ad un uomo che ne sia degno l'oggetto a cui il mio destino è legato e per proteggere il quale io sono nato ".

Lo studioso era abituato alle stranezze del monaco e al suo linguaggio a volte incomprensibile per un occidentale, ma ne conosceva anche la spiritualità profonda e l'onestà e lasciando subito perdere quello che stava facendo gli chiese di che cosa si trattava.

Senza parlare il monaco toglie dalla tracolla un oggetto avvolto in un panno di cotone scuro svolgendolo con molta cura: una pergamena!

"E' un sacro simbolo tramandatoci dai tempi antichi; si dice che sia stato portato sulla terra da una tartaruga proveniente dal cielo, al cui interno si trovavano degli esseri simili a noi ma molto più sapienti.

Questi esseri avrebbero donato agli antichi alcuni simboli dicendo che sarebbero tornati quando l'uomo sarebbe stato in grado di comprenderli tutti.

L'ultimo e il più importante è questo!

Il lama che mi ha preceduto me lo ha consegnato prima di morire dicendomi che dovevo custodirlo fino a quando la profezia non si fosse avverata e un uomo saggio non fosse stato capace di interpretarlo.

Quando oggi ho visto la grande tartaruga ho capito che la profezia si era avverata e il mio tempo di guardiano era giunto al termine e sapendo che tu eri qua dovevo consegnarti la pergamena perchè tu sei un uomo saggio e spetta a te questo arduo compito"

Di fronte a queste parole il professor Delai rimase sorpreso ma conosceva bene il monaco e la sua fama di uomo santo capace di interpretare i presagi: inoltre da buon archeologo si sentiva fortemente attratto dai misteri delle civiltà antiche per cui spianò bene la pergamena sul tavolo badando a non rovinarla e cominciò ad osservarla per verficarne l'autenticità.

Lo colpì subito il disegno posto al centro del foglio, un simbolo curioso che rappresentava un quadrato di tre colonne di segni, contenente tre simboli e numerosi punti disposti in varia numerazione.

Delai, un italiano studioso di esoterismo e di medicina orientale, conosceva bene il quadrato magico, un insieme di numeri arabi, che, in orizzontale ,diagonale e verticale danno sempre per somma 15,e in un primo momento fu questa la sua prima considerazione. La vecchia pergamena però non riportava solo numeri arabi, come i quadrati che aveva avuto occasione di vedere; riportava invece tre simboli che potevano sembrare numeri e dei punti disposti secondo un certo ordine, anche se, effettivamente, il risultato della somma era 15. Decise pertanto di dare un ordine al ragionamento e di capire per prima cosa il significato dei punti.

Essi infatti erano incasellati secondo un criterio non casuale, cioè, a prescindere dal loro significato in senso numerico, sembravano rappresentare qualcosa; e i simboli inoltre non erano sicuramente numeri ma erano davvero simboli!

Successivamente una intuizione sembrò dipanare il velo di mistero e si delineò la possibilità di dare una interpretazione coerente.

Il numero tre e sette ,infatti sono da sempre considerati numeri "magici"e in campo esoterico hanno un importante significato, infatti il tre è rappresentato da un triangolo col vertice in alto, ma anche col vertice in basso a significare la natura divina e quella umana.

La fusione dei due triangoli dà origine alla figura nota come stella di David o sigillo di re Salomone.

In esso si configura la stella della conoscenza, che illumina l'uomo saggio, colui che è in grado di interpretare in modo armonioso ed equilibrato le leggi universali.

Questo numero quindi poteva significare che solo un saggio sarebbe stato capace decifrare l'enigma, che poteva nascondersi nel numero sette, un numero ritenuto magico perchè altrettanti sono i chakras presenti lungo la colonna vertebrale.

Ad essa gli antichi saggi davano il nome di "albero della vita!

A poco a poco emergevano i significati nascosti e alla fine Delai, dopo aver passato parecchi giorni senza uscire dalla stanza, dormendo poco e mangiando ancor meno, si rivolse al monaco accovacciato accanto a lui sul pavimento e, con un sorriso gli annunciò di aver risolto l'enigma.

" Si tratta di un codice straordinario che anticipa di migliaia di anni le acquisizioni sulla trasmissione genetica.

Inizialmente sono stato tratto in inganno perchè nel quadrato antico, a parte i simboli, che contengono il vero significato, tutti gli altri sono punti, ma poi ho capito il perchè: semplicemente perchè il punto costituisce, in realtà, il linguaggio matematico universale, una sorta di linguaggio-macchina, che nella pratica quotidiana noi abbiamo sostituito coi numeri arabi per i calcoli abituali.

Tutti coloro che hanno cercato prima d'ora di risolvere l'enigma non hanno pensato a questo ed hanno interpretato proprio tutti i segni come se fossero numeri, ma non è così.

Il punto è il linguaggio del computer cioè un linguaggio universale e fu usato proprio perchè avremmo potuto comprenderlo solo quando la nostra conoscenza avesse raggiunto un livello adeguato .

Quindi andiamo per ordine.

vedi fig. 8

QUADRATO CON NUMERI ARABI - RECENTE			QUADRATO CON PUNTI E SIMBOLI - ANTICO
4 INDICA LE 4 BASI AZOTATE A-T-G-C	**9** SIA COME N°RMA CHE COME SIMBOLO E INVERSA E SEGUE AL 6 E INDICA 9 E UNA PARTE DELLA DOPPIA ELICA di DNA	**2** INDICA i 2 CANALI ENERGETICI CHE COSTITUISCONO L'ALBERO DELLA VITA	
3 INDICA LA TRIANGOLAZIONE DEI SIMBOLI	**5** INDICA LA ISCRIZIONE DELL'UOMO NEL PENTAGONO	**7** INDICA i 7 CHAKRAS	
8 INDICA IL DNA, FRUTTO DI UN INTRECCIO	**1** INDICA IL PRINCIPIO L'UNITÀ E L'UOMO	**6** SIA COME N° ARABO CHE COME SIMBOLO E INVERSA E SEGUE DA AL 9 E INDICA 9 E UNA PARTE DELLA COSTITUZIONE di DNA	

$$96 \rightarrow 8 = 8 \rightarrow DNA$$

Innanzitutto perchè questi numeri? E perchè questa figura geometrica?

La spiegazione è semplice e sta nella prima sequenza di punti: il numero 4.

Esso indica che tipo di figura dovrà essere usata per memorizzare i numeri col relativo significato e si riferisce inoltre alle quattro basi azotate: adenina-timina e guanina-citosina che si uniscono a due a due per formare la doppia elica di DNA.

Il quadrato si può iscrivere nel cerchio e ha un centro, ottenibile tracciando le diagonali: lo stesso centro che è caratterizzato dal numero 5.

Questo è il numero chiave perchè solo ponendo il 5 al centro si può ottenere il numero magico 15 sommando le tre file di numeri che formano il quadrato.

E' magico perchè lo si può ottenere sommando i numeri in orizzontale, in verticale e in diagonale.

Il 15 però va ricordato unicamente perchè è da questo risultato finale che si possono ricavare con facilità appunto gli altri numeri,ma non ha altri valori.

Quindi 4 deve essere il primo numero;5 il numero al centro e 15 il risultato della somma delle tre file di nove numeri.

Tutto questo serve per memorizzare i numeri il cui significato conduce alla scoperta del segreto della vita: il DNA.

Il 9- sia come numero arabo che come simbolo è speculare e inverso al -6 e indica sia la parte   maschile che una parte della doppia elica di DNA

Il 2- indica i due canali energetici che costituiscono l'albero della vita,

posteriormente e anteriormente sia maschile che femminile e anche le due metà che unendosi formano il nuovo individuo, cioè indica la coppia di esseri che ne generano un altro

il 3- indica la triangolazione dei simboli che va eseguita per poter interpretare   il quadrato nel suo insieme; i due triangoli intersecandosi danno origine alla stella della conoscenza.

Il 5- nel pentagono iscritto nel cerchio è iscritto l'uomo che è al centro dell'universo.

Il 7- indica le zone-punto che contengono il segreto e l'energia della vita: i chakras.

Ogni chakra, ha una specifica funzione ed è costituito da un agglomerato di energia che si muove a spirale infinita.

Il senso di rotazione è determinato dal sesso e dal tipo di chakra e così viene consentito alle energie maschili e femminili di completarsi a vicenda; infatti i chakras che nell'uomo girano in senso orario, nella donna girano in senso antiorario.

Detto questo, quando uomo e donna si uniscono per generare una nuova vita cedono una parte della rispettiva energia e questo fanno anche i loro chakras complementari, che ,dividendosi a metà al momento della fusione, dividono anche il senso della spirale energetica.

Si crea dunque un vortice parziale che, unito a quello del partner, dà origine ad una doppia elica contenente le caratteristiche di entrambi gli individui.

Il figlio quindi è un nuovo individuo che ha il nuovo intreccio vitale(8)

L'8-indica il nuovo intreccio vitale, il nuovo DNA

L'1-indica il principio, l'unità, la nascita di un nuovo essere ben distinto e al tempo stesso con caratteristiche uguali a tutti gli altri esseri dell'universo.

Il 6-sia come numero arabo che come simbolo è speculare al 9 e indica la parte femminile, l'altra elica del DNA.

I tre simboli poi si possono triangolare e si ottiene il triangolo della conoscenza col vertice posto in alto ad indicare la conoscenza superiore ,e, in questo caso, forse anche la conoscenza di altri mondi oltre al nostro.

Triangolando inoltre gli altri simboli posti sui lati del quadrato e facendo slittare l'uno sull'altro i due triangoli così ottenuti, appare la stella di David, il sigillo di Salomone, chiamato anche lo scudo di Davide, con il quale la leggenda vuole che il re Salomone abbia tenuto lontano i demoni, invocando gli angeli.

Alla fine quindi anche il sigillo di Salomone ci porta al grande segreto: il DNA !

In tempi antichi, quando il genere umano ancora viveva nella preistoria esseri sapienti ci hanno donato un simbolo di conoscenza, nella speranza che lo potessimo decifrare, forse nella speranza di essere contattati, oppure più semplicemente tramite Shabir volevano comunicare ai nostri antenati che abbiamo lo stesso DNA e quindi osservandoci era come se vedessero se stessi ai primi stadi della loro evoluzione, forse con la segreta speranza che questa non fosse costellata di errori.

La decifrazione del codice potrebbe quindi significare che siamo pronti a spiccare un altro balzo in avanti nel cammino della conoscenza e forse anche a cercare quei" fratelli del passato
che hanno avuto fiducia in noi e nelle nostre capacità.

Conclusione

Nel settembre del 1991 è stata scoperta a 3213 mt di quota al giogo di Tisa presso il massiccio del Similaun al confine tra Italia e Austria la mummia di un uomo del periodo tardo neolitico sepolta nel ghiaccio . Venne chiamato Otzi dal nome della valle di Otz da dove erroneamente si era creduto che venisse.

Accanto a lui sono stati ritrovati, perfettamente conservati gli oggetti che aveva con sè: ascia, pugnale, arco, faretra con frecce, uno zaino, una cintura con tasca simile ad un marsupio contenente un grattatoio, un perforatore e una lametta di selce, una lesina di osso a doppia punta ed un grosso ammasso di sostanza nerastra.

L'abbigliamento era costituito da gambali ,una specie di mutande simili a quelle degli indiani del nord America, un giaccone in pelle, una sorta di calze di rete e scarpe simili a mocassini allacciate sul davanti, un berretto in pelo d'orso e un mantello impermeabile costituito di steli di graminacee alpine.

Il corpo di quest'uomo, vissuto 5300 anni fa, è stato sottoposto ad approfondite analisi forensi che hanno permesso di stabilire che la causa della morte è stata una freccia con la punta di selce che ha trapassato la scapola sinistra fermandosi nei tessuti molli prima di entrare nel polmone.

Questa ferita ha provocato una emorragia massiva che lo ha portato alla morte.

Si è visto che inoltre che era affetto da artrosi diffusa che gli causava sicuramente dolori.

Il suo corpo è coperto di tatuaggi secondo una formula ricorrente di punti e linee verticali che sommati danno 7(4-3),7 ,7-3-1,ritenuta probabilmente una formula magica.

"...i corpi dei principi di età scita di Pazyryk accanto a tatuaggi artistici....ne hanno rivelato alcuni di stile differente: semplici file di puntini.

La loro posizione lungo la colonna vertebrale o sul malleolo destro aveva suggerito a Sergej I. Rudenko, l'archeologo russo direttore degli scavi di Pazyryk, che potessero essere stati effettuati a scopo terapeutico, con un procedimento simile a quello dell'agopuntura.

L'analogia con l'uomo di Similaun è forte perchè c'è coincidenza tra la posizione dei tatuaggi e i punti in cui sono stati riscontrati i fenomeni artrosici, cioè la colonna vertebrale e le articolazioni, punti che gli procuravano acuti dolori.

E' quindi pressochè certo che anche nel caso di Otzi i tatuaggi avessero valore terapeutico.

Si tratta di una pratica che in qualche modo rappresenta un precursore dell'agopuntura, a cui era probabilmente abbinata la fede nel valore magico del numero 7"(da :Otzi l'uomo venuto dal ghiaccio di R. De Marinis-G.Brillante –ed Marsilio)

Può sembrare impossibile che a quell'epoca vi fossero certe conoscenze, eppure la mummia del Similaun lo conferma: 5300 anni fa, solo ieri per la storia dell'uomo, si praticava già una medicina che oggi la scienza sta riscoprendo in tutta la sua validità tanto da essere accettata dalla organizzazione mondiale della sanità.

Le ricerche genetiche sul corpo hanno inoltre appurato che il cromosoma y della mummia appartiene al gruppo g, tipico di popolazioni agricole radicate in medio oriente ,che ,nel periodo neolitico, portarono l'agricoltura in Europa attraverso le alpi(da: le ultime rivelazioni di otzi - national geographic)

Per quanto riguarda il numero 7 la medicina cinese ,tibetana e indù fanno sempre riferimento ai 7 chakras ,dislocati lungo l'asse della colonna vertebrale, chiamata anche, non a caso, "l'albero della vita".

Questo è un altro implicito riferimento al DNA!

Alla fine dunque chi era Otzi? Al di là delle cause della sua morte era sicuramente un uomo con un ampio bagaglio culturale, come testimonia il corredo di abiti e di armi.

A quell' epoca" il sapere era trasmesso oralmente di generazione in generazione e non era privilegio di pochi ma patrimonio collettivo e tutti, se volevano sopravvivere, dovevano possedere l'intero bagaglio culturale di una determinata comunità in un dato momento storico"(da Otzi ed. Marsilio)

Ma Otzi era qualcosa in più: era anche la testimonianza vivente di una antica conoscenza che si portava addosso tatuata sulla pelle per non dimenticarla e anche se non sappiamo il suo vero nome, ci piacerebbe poter dire che dopo tanto tempo è stato finalmente ritrovato il corpo di....Than!

19881758R00062

Printed in Great Britain
by Amazon